HIJOS DE LA FÁBULA

colección andanzas

Gentes vascas

1. Los peces de la amargura
2. Años lentos
3. Hijos de la fábula

FERNANDO ARAMBURU
HIJOS DE LA FÁBULA

TUSQUETS
EDITORES

Obra editada en colaboración con Editorial Planeta – España

© 2023, Fernando Aramburu

© Tusquets Editores, S.A. – Barcelona, España

Derechos reservados

© 2023, Editorial Planeta Mexicana, S.A. de C.V.
Bajo el sello editorial TUSQUETS M.R.
Avenida Presidente Masarik núm. 111,
Piso 2, Polanco V Sección, Miguel Hidalgo
C.P. 11560, Ciudad de México
www.planetadelibros.com.mx

Diseño de la colección: Guillemot-Navares

Primera edición impresa en España: febrero de 2023
ISBN: 978-84-1107-228-1

Primera edición impresa en México: marzo de 2023
ISBN: 978-607-07-9889-4

Impreso en los talleres de Impregráfica Digital, S.A. de C.V.
Av. Coyoacán 100-D, Valle Norte, Benito Juárez
Ciudad De Mexico, C.P. 03103
Impreso y hecho en México – *Printed and made in Mexico*

Índice

La granja de Albi 9
El comando Tarn 51
Los preparativos de la lucha 89
Empieza la guerra 129
Toulouse 173
El zulo de Garrapinillos 225
Soñando batallas 267

La granja de Albi

—OLEMOS A MIERDA de gallina.

—Sobre todo tú.

Asier y Joseba compartían habitación en una granja avícola a las afueras de Albi. Hacía seis meses de su ingreso en ETA. Ingreso o medio ingreso. No estaban seguros. Habían pasado a Francia en primavera. Les dieron alojamiento provisional en una casa de campo entre Larressore e Itxassou. De allí, escondidos en el interior de una furgoneta, los trasladaron a finales de agosto a la granja de Albi.

Un día de tantos: que no podían quedarse en Iparralde. ¿Pues? La organización estaba cada vez más acorralada. Muchos habían ido a refugiarse al Reino Unido. Otros, a Italia, a Bélgica, a Alemania.

—¿ETA también practica la dispersión?

—Baja la voz. Te van a oír. Ante todo, disciplina.

Se hablaba de cámaras y micrófonos camuflados. De topos. De traidores y soplones. Ellos dos, ni idea.

Acababan de llegar. Eran por entonces dos novatos desconocidos por la policía. El uno, de veintiún años; el otro, de veinte. Venían de pueblos vecinos de la provincia de Guipúzcoa. No hablaban francés. No tenían experiencia en el manejo de armas, pero sí mucha ilusión.

—Somos de ETA, ¿sí o no?

—Estamos en camino.

—Tantos meses y aún no hemos aprendido a usar un arma.

—Se nos va a dormir la mano.

La granja avícola estaba a orillas del río Tarn. La formaban la casa de los dueños, de dos plantas y desván; una segunda casa enfrente, con el almacén y el garaje del tractor en la parte de abajo, y un primer piso repartido entre el granero y la habitación asignada a los dos jóvenes inquilinos; y, por último, la nave de las gallinas. En medio, un patio de tierra en cuyo centro daba sombra un nogal.

El granjero se llamaba Fabien. Era un hombre corpulento, con un párpado flojo. La mujer, Guillemette, chapurreaba el castellano. Por solidaridad con la causa nacional vasca no les cobrarían el alquiler. Tan sólo, de vez en cuando, una pequeña cantidad para cubrir algún gasto imprevisto. La habitación era todo lo contrario de lujosa. Una especie de camaranchón con dos camas, una nevera de no más de un metro de altura, un arcón para la ropa y una placa eléctrica de dos fuegos.

¿Calefacción? Las mantas y vas que chutas. El sitio, habilitado para refugio, estaba justo encima del almacén. Con anterioridad había servido de alojamiento a otros candidatos a militantes.

A Asier y Joseba, a cambio de no pagar, se les pedía ayuda en las tareas de la granja, principalmente en las de limpieza. A Asier se le daba bien cortar leña. Joseba tenía cierta maña con las herramientas. Trabajaban un rato por las mañanas. ¿Se puede llamar a eso trabajar? Bueno, hacían como si.

Y por las tardes se iban andando a Albi o al campo. O daban un paseo por el río con la barca de los granjeros sin pedirla prestada. Guillemette los vio una vez. No dijo nada. Una manera de concederles permiso. La barca estaba atada a un poste, por detrás del almacén, con los remos dentro.

—Me aburro.

—Pues mira que yo.

—Ni cursillo de adiestramiento ni hostias.

—Como no hagamos prácticas con tiragomas...

—La organización igual no nos necesita.

—A estas horas ya tendríamos que ir por la tercera o cuarta *ekintza*.

—Me aburro.

—Yo aún me aburro más.

Por regla general volvían cenados de Albi. Pero nada de restaurantes. Qué más quisieran. Bocadillos, cacahuetes, patatas fritas de bolsa, fruta del supermercado. El enlace les pasaba una modesta asignación y, a veces, instrucciones. Que no llamaran demasiado la atención. Que aprendieran la lengua del país. Que buscasen un trabajo remunerado. Dispensados de la cuota de alquiler, se arreglaban mal que bien con el dinero.

Una vez más regresaron cenados a la granja. Guillemette, qué raro, los estaba esperando en el camino. ¿Por qué hablaba tan bajo esa mujer? Allí nadie podía oírla. ¿A qué tanto misterio?

—No más de *l'ETA*.

Y por señas les indicó que la siguieran al interior de la casa. Era un jueves de octubre de 2011. Ya había anochecido. Guillemette tenía las tetas grandes. Asier desconfiaba. Susurrante, a su compañero:

—Esta quiere fiesta en la cama.

LA CASA DE Iparralde supuso para ellos una prisión. Que no os vea nadie, ¿eh? Así todo el día. Cosa fácil, por otra parte, pues la casa estaba sola entre los árboles de una colina, lejos de la carretera.

Los anfitriones, un matrimonio vascofrancés sin hijos, eran rigurosos. Dios, qué duros eran. ¿Tenían la paranoia o qué? Veían un gendarme detrás de cada arbusto. Los de Albi, también sin hijos, se enrollaban mejor. Al llegar no les hicieron ninguna advertencia. A Asier y Joseba les pareció rara tanta libertad de movimiento. Por si acaso fueron a preguntarle a Fabien. Que si debían tomar precauciones.

Fabien, metro noventa y tantos de estatura, un párpado a medio abrir, estaba metiendo huevos en la furgoneta. Vestía un mono azul de trabajo con peto. Tiraba un poco a rubio. Y tenía la cara encendida. Del vino diario. De qué, si no.

No los entendió. Ellos no lo entendían a él. Fabien llevaba una chapa con la hoz y el martillo sobre fondo rojo adherida al cierre del reloj de pulsera. Señaló la chapa con la punta de un dedo. Después se llevó la mano al pecho. Se reía enseñando los dientes. Los que le quedaban. ¿Simpatiza con el comunismo? Eso parece.

El primer día, a modo de recibimiento, les cantó a Asier y Joseba, puño en alto, de broma, una canción sobre un fondo de cacareos. La alegría del vino le soltaba la lengua. Luego ellos comentaron a solas en la habitación:

—Para mí que este tío está como una cabra.

—¿Qué leches cantaba? *¿La Internacional?*

—Eso parece.

—Nosotros ¿somos comunistas?

—Nosotros somos vascos.

Fabien y Guillemette se enzarzaban en unas broncas de cuidado. Los gritos, sobre todo los de ella, agudos, penetrantes, se esparcían por toda la granja y más allá. Seguro que hasta el otro lado del río. No todos los días, pero siempre al atardecer. Aquello parecía un rito. Y *Mao*, en su caseta, atado con una cadena, guardaba un silencio melancólico. El mismo perro que recibía ladrando al cartero, a los proveedores, a cualquier visitante. A Asier y Joseba sólo el primer día. ¡Cómo ladraba el condenado! Y qué sierra mortífera de dientes. Fabien lo soltó. Pero ¿qué hace este tío? *Mao* se acercó a olerlos, amenazante, gruñidor. Era un perro con una cabeza así de grande. A Joseba le ladraba con mucha furia. Primero olió las piernas y la bragueta de uno, después las del otro. ¡Si les llega a dar un mordisco ahí! Después se desentendió. Los había aceptado.

Los dueños se repartían las tareas de la granja. Ella trabajaba en la huerta, él con las gallinas. Ella en la casa, él con el tractor en una parcela que tenían entre el río y la carretera. O al revés. A veces ella conducía el tractor.

Se mostraban pacíficos, parcos de palabra, durante el día. Entrada la tarde, Fabien empezaba a beber. Lo anunciaba cantando. Cantaba fatal. Guillemette lo acompañaba en el trinque. Se reían, sentados a una mesa delante de la casa, con un garrafón de vino, una barra de pan, queso, fiambres y nueces. Cortaban cachos de alimento con un cuchillo enorme.

Alguna vez, Asier y Joseba vieron a Guillemette limpiar los vidrios de las ventanas con las tetas al aire. Era muy lanzada. O desinhibida. O guarra, según Asier.

Orinaba en cualquier sitio. Donde le vinieran las ganas. Debajo del nogal, al lado de *Mao*.

—¿No tiene váter o qué?

Cuidaba poco su aspecto. La casa la tenía limpia. Al menos hasta donde Asier y Joseba lo habían podido comprobar. Ella, en cambio, andaba las más de las veces sucia y despeinada.

En un momento dado, los granjeros interrumpían las risas y las canciones. Entraban en una fase de gesticulación, de ademanes cada vez más violentos y de murmullos. Tarde o temprano estallaban los gritos. Y una noche los vieron desde la ventana de la habitación pelearse delante de la casa. Él le arreó a ella una runfla de bofetones. Se tambaleaba, borracho. Manotazos brutales, juramentos farfullados. Y muchas veces marraba el golpe. Ella se defendía con un palo. Quizá no era un palo. No se veía bien. Sus siluetas se recortaban contra la luz amarilla del zaguán. Guillemette se defendía con rabia. Rápida, felina, pegaba más que él. Y *Mao* callaba agazapado en el interior de la caseta.

CADA EQUIS TIEMPO viajaban a Toulouse. No tenían permiso, pero qué coño. Se aburrían. Todos los días lo mismo. Y a fin de cuentas, ¿quién se iba a enterar? Preferían el autobús. La primera vez cogieron el tren.

17

El tren llegaba antes. Sí, pero el billete costaba más. Había que controlar los gastos.

En Toulouse solían encontrarse con Txalupa.

—Oléis raro.

—A mierda de gallina.

—¿No tenéis ducha o qué?

—Este tufo no se quita ni con jabón.

¿Quién era Txalupa? Uno del pueblo de Joseba. Llevaba la tira de años en la organización. Había estado encuadrado en un comando. Pasó a la reserva a petición propia. Inconvenientes del asma. Se ahogaba. El asma era su cruz. Lo explicó por carta a la dirección. No podía ser. Que lo sentía, que qué mala suerte. Anduvo un tiempo por París. En Toulouse había encontrado un puesto de trabajo como ayudante de cocina en un hotel. Al parecer, el clima de Occitania le sentaba mejor que el de la capital. No perdía la esperanza de reintegrarse en la lucha.

—¿Seguro que os dejan salir del refugio?

—Aquello es una cárcel.

—Cuidado con la indisciplina.

—Pero si no nos han dado armas ni nada.

Txalupa y Joseba no es que tuvieran amistad. Txalupa era bastante mayor. Treinta y tantos años. O sea, que amigos, lo que se dice amigos, no. Pero, joder, dos del mismo pueblo, en ETA, lejos de casa: eso une.

Ya de chaval, Txalupa tenía fama de lanzado y de valiente. Iba para levantador de piedras. Eso decían. Porque fuerte fuerte tampoco era. Ancho, musculoso, decidido. Se le ha visto levantar en el frontón del pueblo, por fiestas, una cilíndrica de 125 kilos. La segunda vez casi lo consigue. Y la tercera, imposible. Qué más quisiera. A su lado, el *harrijasotzaile,* el auténtico, se reía. Luego Txalupa intentó hacer fortuna de pelotari. Que si estaba a punto de pasar a profesionales. Que si entrenaba todo el día. No basta con darle fuerte. Hay que correr. Y con ese corpachón y esos pulmones ya entonces no muy católicos, ¿adónde vas? Al final terminó ingresando en ETA. Los problemas respiratorios le impidieron hacer carrera en la militancia activa. Algo hizo, pero poco. Otro sueño incumplido. Por los días de Toulouse se le veía desmejorado. ¿Abatido? Pues también. Decía:

—Un día de estos me tiro al canal.

Calvo desde los treinta, pálido, ojeroso, con cara de enfermo, no iba a ninguna parte sin su inhalador. Se le aceleraba, además, el corazón. La taquicardia le quitaba el sueño. Tenía miedo de morir como aquel compañero.

—¿Quién?

—Anza. ¿No os suena? Jon Anza, uno de Donostia. Le dio un infarto cerca de aquí. Estaba muy enfermo. Murió en el hospital. Lo tuvieron casi un año congelado. Tíos, una cosa es morir luchando. Otra, como un animal tirado en el suelo.

—Pues no sabíamos.

—Estáis muy verdes vosotros aún.

Asier y Joseba iban a verlo ¿para qué? Pues para que les contara aventuras de militante. Cosa fácil, porque a Txalupa le gustaba presumir. Se tenía por un héroe. Fardaba de méritos, de hazañas y *ekintzas*. Y de no haber caído en las garras de los *txakurras*. Los otros aprovechaban para instruirse. Los encuentros con Txalupa equivalían para ellos al cursillo de armas.

Los llevó una tarde a su domicilio. Llovía. En la calle no se podía estar.

—No me gusta traer gente aquí, pero bueno.

Vivía en un ático alquilado. Había una mancha de humedad en el techo como consecuencia de una antigua gotera. La gotera ya la habían reparado. La mancha seguía allí. En la pequeña vivienda era todo un poco triste y polvoriento. La cama donde se sentaban los visitantes, la mesa con una única silla, los carteles descoloridos de la pared. También *Polita*, la gata, tenía un aspecto cansado y sucio. No era de Txalupa. Entraba por la ventana, procedente del tejado. Seguro que en cada casa le ponían un nombre distinto. Le faltaba pelo en varias partes. Sarna sería.

Txalupa se jactaba de poseer una Browning.

—¿Nos la dejas coger?

—Con mucho cuidado, ¿eh?

—¿Está cargada?

—Cargada no os la dejaría.

Asier y Joseba sujetaron el arma por turno. La sopesaban, fascinados.

—¿Y la llevas al trabajo?

—Mejor no. No quiero líos. En Toulouse vivo tranquilo. Me conoce poca gente. Antes salía al campo a practicar. Ahora no, para que me dure la munición.

Joseba apuntó contra la mancha del techo. Apretó el disparador. Por probar nada más. Por curiosidad. Se escapó, ruidoso, un tiro. Y la bala penetró en el revoque. Todos se sobresaltaron.

—Pero ¿qué haces, gilipollas? Trae para acá.

Txalupa le arrebató de un zarpazo la pistola.

—¿No decías que estaba sin cargar?

—Hala, largaos al gallinero. Esto me pasa por andar con novatos. ¡Hostia, hostia, hostia, como algún vecino haya llamado a la policía! La bala habrá salido al tejado. ¡Dios bendito, seguro que vuelvo a tener una gotera!

LLOVÍA. NO SALIERON. ¿Adónde iban a ir con semejante diluvio? ¿Se desbordará de nuevo el río? Cielo gris, casi negro. Empezó a llover de víspera, a eso de las cuatro de la tarde. Llovió, rayos y truenos, durante toda la noche. Siguió cayendo agua a manta a lo largo del día siguiente. Dieron otra vez las cuatro de la tarde. De nuevo, Asier y Joseba se quedarían sin paseo.

Se había formado una charca de grandes dimensiones alrededor del nogal. A Fabien se le hundían las botas de goma en el barro. Ató a *Mao* a la entrada del zaguán. El animal estaría allí menos expuesto al aguacero que en su caseta. Guillemette, descalza, las perneras remangadas, el pelo suelto, empapado, aseguraba el portón de la nave con tablas en previsión de una crecida del río. Dentro de la nave había un altillo de fácil acceso para las gallinas. En caso de inundación, las aves se podrían poner a salvo allí. No había sitio para todas en el suelo del altillo ni en la rampa. Eran miles. Algunas, muchas, perecerían ahogadas. Los polluelos recién nacidos, también.

Asier y Joseba, de pie junto a la ventana, observaban el ajetreo de los granjeros.

—¿Qué, bajamos a ayudar?

—¿Y a ponernos perdidos de barro? Baja tú.

—Yo estoy aquí para salvar Euskal Herria. Que les den por saco a las gallinas.

—Entonces, ¿para qué preguntas?

—Pues para no estar callado.

—Estos dos no son listos. Yo cavaría una fosa detrás de la casa. Bien honda, ¿eh? Unes con una acequia el patio con la fosa y problema resuelto. ¿Que llueve? El agua va toda para el agujero. Se te forma un estanque. Hasta puedes cuidar patos.

—¿Por qué no se lo propones? Ahora sería un buen momento.

22

—Yo estoy aquí para lo mismo que tú.

Cambiaron de ventana. Ahora miraban al río. Bajaba más caudal que de costumbre. Nada grave de momento.

—¿Qué piensas?

—Pienso en Karmele. Igual ya ha dado a luz.

—¿Qué va a ser, niño o niña?

—Ni idea. La dejé en el pueblo. Estaba de tres meses. No he sabido más. Yo le escribiría una carta.

—Tú no escribes nada.

—Sin remite.

—Tampoco. ¿Crees que la Guardia Civil es tonta? A Karmele la vigilan seguro. Y a tus aitás. Y a mis hermanos y mi amá. Para ver de echarnos un día el guante. Esos cabrones tienen mucha astucia.

—Pero tú y yo, ¿no somos legales? Nadie sabe de nuestra militancia.

—Para el carro, Joseba. La disciplina por encima de todo. Esa es la primera regla del militante. Txalupa nos lo ha advertido varias veces. ¿Ya se te ha olvidado? Lo segundo, la precaución. Alguien se ha podido ir de la lengua. O ha dicho nuestros nombres bajo tortura. O le han pillado papeles. Igual desde entonces nos siguen. Incluso sin conocernos. Se han dado casos. Veamos. Tú escribes una carta a Karmele. Ellos la abren. ¡Qué información tan interesante! Vamos a vigilar a estos pardillos. Conclusión: ya nos tienen. Y todo por una simple carta en la que le cuentas a Karmele ¿qué? ¿Que la quieres mucho?

—Pues claro que la quiero. Es la madre de mi futuro hijo. O de mi futura hija.

—¿Y ella te quiere a ti?

—Supongo.

—Otro que ha caído en la trampa.

—¿Qué trampa?

—¿Qué trampa va a ser? La de las hembras que debilitan al guerrero. El maquillaje, el perfume, las tetas, las palabritas de cariño, todo eso es para domesticarnos a los hombres. Las mujeres están bien para cinco minutos de vez en cuando. Luego te tienes que largar a toda prisa. Si no, te hunden. Te conviertes en un muñeco. Te sacan la sangre poco a poco. Tú mismo, ahora. Mírate en el espejo. Se te ve apagado. Se te nota triste, con el pensamiento en otra parte. Malo, malo. Así no se ganan las guerras.

—Hombre, voy a ser padre. Me gustaría ver al crío. Ni el nombre voy a saber.

—Aprende de mí. Me casé con ETA. Con nadie más. Y mis hijos serán las *ekintzas*. Que se me ponga delante una mujer en canicas. No pierdo la calma. Aquí me tienes, preparado para la lucha en favor de nuestro pueblo. No me ata una mujer. Sólo los vascos libres podemos librar a Euskal Herria. O estamos a una cosa o a otra. La independencia no se consigue empujando por la calle un carrito de bebé. Nuestra misión es empuñar las armas, no el biberón. Algún día alcanzaremos el objetivo. Entonces podrás volver

24

al pueblo. Tu hijo estará orgulloso de ti. Y a lo mejor Karmele. Pero primero Euskal Herria, ¿eh? Después, lo otro.

Seguía lloviendo. Cielo gris, casi negro. Las gotas de lluvia, violentas, rizaban la superficie del río. Flotaba sobre la corriente una fina capa de niebla.

Joseba fue el primero en verla.

—Ya está esa ahí.

Guillemette, las piernas al aire, embarrada hasta las rodillas, orinaba en cuclillas junto a la pared de la nave. Se había echado el pantalón al hombro. Asier se apartó de la ventana.

—A mí esta tía me da repelús. ¿Sabes por qué suelta ahí la meada?

—Tendrá ganas.

—Para que la veamos. Con las mujeres, mucho cuidado, Joseba. Son peligrosas. Pregúntale a Txalupa. Te dirá lo mismo.

ASIER SE DESPERTÓ. Pasaban de las diez de la mañana. Agosto, luz, calor. El tractor traqueteaba, ¿dónde?, ni lejos ni cerca. En la cama adosada de costado a la pared opuesta dormía Joseba. Cara de hombre sin preocupaciones, barba de tres días. Seguro que estaba soñando con su futuro hijo. Lo llevaría en su imaginación

25

de paseo por la plaza del pueblo. Lo enseñaría, orgulloso, a los amigos.

Joseba había dormido como de costumbre en camiseta y calzoncillos. La sábana encimera se apelotonaba a sus pies. La noche había sido calurosa, zumbadora de mosquitos. A Asier le había picado uno en la frente. Acercó la yema de un dedo al lugar de la escocedura. Enseguida notó el habón. Y a ese, ¿no le pican? A Joseba se le había subido el bajo de la camiseta. Le quedaba al aire el vientre peludo. Asier lo sacudió sin contemplaciones.

—¿Qué pasa?

—Hay que eliminar esos michelines. ¿Hemos venido a Francia de vacaciones o qué? Nos estamos volviendo perezosos.

Acordaron militarizarse, según la expresión de Asier. El otro, soñoliento, se limitó a asentir. Ya desde el principio habían procedido de aquel modo. Asier disponía. Joseba acataba. Un día antes de cruzar la frontera, lo mismo. Asier no dejó a Joseba despedirse de su novia.

—Joder, Asier, que está embarazada.

—No te preocupes. Ya le escribirás.

Y luego no le dejó escribirle.

Entre los dos limpiaron de maleza una franja de tierra por detrás de la nave. Fabien se lo pidió en francés, por señas, con muecas. No le entendían. El granjero, a modo de ejemplo, les dio un pase de guadaña a las ortigas. Asier y Joseba estuvieron ocupados en la sencilla tarea hasta la hora de la comida. Sólo disponían de una guadaña. Se turnaban. Trazaron mientras tanto un plan de actividades. En adelante se levantarían temprano.

—¿Qué entiendes tú por temprano?

—Pues a las siete.

—Hombre, no fastidies.

—Pues como muy tarde a las ocho.

Antes del desayuno harían instrucción. Joseba, arrugado de asombro el entrecejo:

—¿Instrucción? ¿Como mi aitá cuando hizo la mili en Canarias?

—Llámalos deporte y prácticas de tiro.

—Asier, por favor. No tenemos armas.

—Nos las imaginamos. ¿No te imaginas tú a tu hijo jugando y corriendo? Pues con las armas lo mismo.

¿La idea? Bajar de peso. Después, fortalecer los músculos. Por último, muy importante, adquirir espíritu guerrero. ¿Que la dirección los convocaba a un cursillo de adiestramiento? No pasa nada. Allá irían dos tíos hechos y derechos, atléticos, duros, disciplinados, en vez de un par de vacas fofas.

—¿Entiendes ahora?

—Sí, menos lo de disparar con armas imaginadas.

—Eso tiene su técnica. Yo te enseñaré.

Al día siguiente madrugaron. Amanecer azul con pájaros piantes, con viento que comunicaba un leve temblor a las hojas de los árboles. Recto de torso, estirado de cuello, Asier corría por el camino de tierra. Joseba, lastrado por su obesidad, jadeante, se iba rezagando. Unos días iban por aquí, otros por allá, sin alejarse demasiado de la granja. Daban vueltas al maizal. Se alejaban paralelos al río. Volvían atajando por la carretera. En total, una hora. Y como siempre, al llegar al cuarto, revisión:

—Enséñame la barriga.

Joseba se subía la camiseta sudada. Asier meneaba, reprobador, la cabeza.

—Mañana corremos otra vez. Hay que estar en forma. Por Euskal Herria, Joseba. Por nuestro pueblo. Todo sacrificio es poco.

Salieron al campo otra mañana. Después de la carrera diaria, dispararon con escobas. Las sacaron del almacén. Había dos, las dos de sorgo, bastante viejas. Con ellas barrían de vez en cuando aquí y allá a ruego de Guillemette o de Fabien. Con trabajillos de poca monta agradecían el alojamiento.

Tumbados en la hierba uno al lado del otro, descargaron una gran cantidad de munición imaginaria contra el poste de una cerca. Previamente Joseba había calado su gorra de visera en el extremo superior. Así lo quiso Asier. ¿Y eso? Pues para dar al poste apariencia humana.

Joseba se permitió una broma.

—¿De qué calibre son estas escobas?

Asier se la tomó a mal.

—No es hora de chistes. Nos estamos formando.

Comentaban las distintas acciones. La manera de sostener el arma. Si, encarado el fusil, convenía o no cerrar un ojo. Esas cosas. Y simulaban las detonaciones haciendo en el momento del disparo un ruido con la boca.

—Lo importante es tener la sensación del fusil. ¿La tienes?

—No mucho.

—Con la práctica te vendrá. Usa el final del mango como punto de mira.

—Así lo hago. Pero la escoba pesa poco. No me acabo de imaginar el arma.

—Igual tendríamos que probar con otro cacharro. No sé. Con una barra de hierro o algo así. El tuerto ¿no tendrá una escopeta de caza?

—No nos la va a prestar.

—Se la mangamos.

—Y si se entera, ¿qué?

—¿Por qué se va a enterar? La cogemos a escondidas.

—¿Sí? ¿Cuándo?

—Me gusta que me hagas preguntas. Eso me obliga a pensar. Pues cuando el tuerto se vaya a vender huevos a la ciudad.

—¿Y ella?

—Ella estará en la huerta. O trabajando con el tractor. O follando con el del camión de los piensos. Después de las prácticas, devolvemos la escopeta a su sitio. Total, ¿qué? Les gastamos unos pocos cartuchos. Tendrán un montón.

—Desde aquí se oirían los tiros. Habría que ir lejos. Puede pasar de todo. Que algún vecino de los alrededores dé la alarma. Que los gendarmes nos capturen. Al final, nuestros anfitriones nos echarán de la granja. ¿Qué hacemos entonces? No tenemos adónde ir. Prefiero las escobas, tío. Con un poco de suerte la dirección nos manda un día de estos a un cursillo.

—Eso espero. Si no, me pensaré lo de la escopeta.

Una mañana probaron a disparar con un martillo. ¿Por qué un martillo? Pues porque era la herramienta del almacén más parecida a la Browning de Txalupa. Agarrado por la cabeza, les daba la ilusión de una pistola. Lo mismo practicaban el tiro suelto que el de repetición. El martillo ofrecía diversas ventajas. Era fácil de transportar. Se podía llevar oculto bajo el atuendo. El manejo era parecido al de un arma corta. Un lado de la cabeza rematabaen dos puntas de sacaclavos. Asier y Joseba apuntaban por la abertura al blanco. Pronunciaban los tiros.

LAS GALLINAS SE hacinaban por miles en el suelo de la nave. Olor penetrante, luz artificial, cacareos. No había sitio suficiente para todas. Se peleaban a picotazos. Había muchas desplumadas, con pinta de enfermas. Algunas, en efecto, morían. Y qué calor.

A veces, Asier y Joseba entraban a retirar las aves muertas. Esta podía ser una de sus tareas matinales. Tenían permiso para quedarse alguna para su consumo privado. Ellos estaban hartos de comer carne de gallina. *Mao,* por lo visto, también. Los granjeros le echaban una de vez en cuando delante de su caseta. Aburrido, el perro olisqueaba el animal inerte; en otras ocasiones, ni eso. Lo despreciaba. O sólo lo mordía un poco. Según.

No siempre las gallinas muertas eran para tirar. Fabien solía vender unas cuantas los martes y los sábados en sendos mercados de Albi, además de huevos y de fruta y verdura de su huerta. Primero las limpiaba, eso sí. Sin plumas no tenían mal aspecto. Les sacaba todo lo de dentro. Después embutía los menudillos en el interior del animal pelado. Un transportista se llevaba cada cierto tiempo, en grandes cantidades, las aves vivas.

A Asier se le ocurrió la idea de robar una gallina. Había tantas. Nadie lo notaría. Joseba no captaba la jugada.

—¿Robar? ¿Para qué, si nos las regalan? Yo estoy hasta los huevos de muslos cocidos y pechugas fritas.

Y también estoy hasta los huevos de huevos. Duros, fritos, pasados por agua. No los quiero ni ver.

—Vale, tío. Me he expresado mal. Robar no es la palabra. Vamos a secuestrar una gallina. Una sana, con todas sus plumas y con su pico en buen estado. Tómatelo como un entrenamiento. Mejor aún, como unas maniobras. Y al final la ejecutaremos. Imagina que es un empresario. Uno de esos explotadores de la clase obrera que no pagan el impuesto revolucionario. Uno que se niega a contribuir económicamente a la liberación de nuestro pueblo. Tenemos que acostumbrarnos a la sangre, compañero. No hay guerra sin sangre. ¿Entiendes?

—Ni una palabra.

—El militante no debe sentir pena ni remordimientos por el enemigo. Si no, ¿para qué tenemos enemigos? ¿Para tratarlos con cariño? ¡Anda ya! Hay que ser duro, Joseba. No me cansaré de repetírtelo. Lo primero es endurecerse. Que no nos tiemble la mano en los momentos decisivos. Lo de antes no vale. Quemar autobuses y cajeros, tirar piedras a la policía, romper escaparates. Eso era sólo el comienzo. Como jugar a fútbol en categoría juvenil. Nosotros queremos ser militantes de primera división.

—Hace dos años me sacaron sangre en el ambulatorio del pueblo. Me mareé. Me puse blanco. Estuve lo menos diez minutos tumbado en la camilla. Por poco devuelvo.

—¿Lo ves? No estás bien militarizado.

—Concho, era mi sangre. La de los pollos me da igual.

—Eso está por ver.

Hicieron una primera tentativa de secuestro gallináceo por la noche. *Mao* la frustró con sus ladridos. Había una puerta en la parte trasera de la nave. Ellos habían descorrido el cerrojo por la mañana. Salieron a oscuras. *Mao* los sintió. Qué manera de ladrar. Menos mal que el perro estaba atado. Para colmo, llovía. Y no con suavidad. Asier y Joseba, diez pasos en el barro, decidieron volver a la habitación. Por la ventana vieron luz en casa de los granjeros.

Conversaron, la lámpara apagada, de cama a cama.

—No es fácil. Ya lo ves. Hemos fallado.

—De eso, nada. Estamos aprendiendo. No basta con echarle ganas. Hay que tener zorrería. Pensemos otro plan.

—¿Qué tal si dormimos? Estoy hecho polvo. Un instructor de ETA ya nos enseñará.

—Igual se nos ocurre una buena idea en sueños.

—Yo prefiero soñar con mi hijo.

—Bien, ocúpate de la familia. Yo pensaré por los dos. Saludos a Karmele si la ves.

—De tu parte.

El sábado siguiente, Fabien y Guillemette se marcharon temprano con la furgoneta. Por lo general, los martes Fabien iba solo a vender sus productos a la ciudad. Los sábados ella lo acompañaba. El mercado al aire libre abre a las siete. Cierra a la una.

—Se han pirado. El empresario es nuestro.

—Te olvidas del perro.

—Bah. ¿No se llama *Mao?* Pues entonces debería estar con el pueblo trabajador vasco.

El perro no estaría atado. Era la costumbre. ¿La granja vacía? Pues el perro suelto, vigilando. En tales ocasiones, el cartero, hombre prudente, prefería depositar las cartas a la entrada del camino, junto a la carretera, con una piedra encima. La piedra sería por el viento. Quién sabe. Ellos no tenían el problema del cartero. *Mao* los respetaba.

—Olemos como los pollos. Eso le debe de dar confianza.

Mao los vio acercarse. Se incorporó, saludador con el rabo. Joseba se fue derecho a él.

—¿Qué haces?

Le pasó una mano al perro por el cogote. Después se llevó los dedos a la nariz. El animal desprendía un olor asqueroso.

—Entonces, ¿para qué lo tocas?

—Pues para que no se ponga agresivo.

Entraron en la nave con paso sereno. Lo mismo que si hubieran ido a despachar una tarea. El perro no se inmutó. Salieron un minuto después por la puerta de atrás con las suelas pringadas de excrementos y una gallina dentro de una bolsa de plástico. La habían elegido por su buen aspecto. Se la llevaron al campo. En una arboleda, a orillas del río, libres de cualquier mirada, se detuvieron. Asier sacó la gallina agarrándola por las patas. Soberbio ejemplar. La gallina comenzó a agitarse. Colgaba cabeza abajo con las alas desplegadas.

—¿Dónde tienes el cuchillo?

Joseba lo buscó en los bolsillos de su cazadora. Se lo tendió a su compañero. Un cuchillo de cocina con el mango azul de plástico.

—Coge.

—No, tú.

—No. Yo, no. Tú.

—Yo sujeto al empresario. Tú le cortas el cuello.

No se ponían de acuerdo. Rompieron a discutir. Alborotaban la arboleda. Asier zanjó:

—Tienes razón. Una gallina es una gallina; un empresario, un empresario. Y nosotros estamos viendo la gallina, no al empresario.

—Exacto.

—Porque si fuera un empresario...

—Entonces...

—No tendríamos piedad.

—Aquí mismo lo dejábamos seco. ¡Mucha caña a la clase dominante que frena la liberación de Euskal Herria!

Devolvieron la gallina a la bolsa. En buena avenencia regresaron a la granja. La gallina se mezcló como si tal cosa con sus compañeras. *Mao* los vio salir de la nave, de nuevo saludador con el rabo. Joseba, esta vez, no lo quiso acariciar.

DE CAMINO A Albi, Asier volvía una y otra vez a la misma idea.

—Que parezca verdad, ¿eh? Eso es lo importante.

—Y dale con la verdad. Te he entendido a la primera.

—Llegará el día, Joseba. Tenemos que estar preparados. Propongo el parque. ¿Tú qué piensas?

—¿Yo? Donde haya poca gente.

—Pues eso, el parque.

—Vale.

Habían convenido en escenificar una primera *ekintza* con víctima mortal. Alguna vez hay que estrenarse. ¿El objetivo? Lo decidirían sobre el terreno. ¿El modo de acción? Dependería del objetivo. ¿Y el arma? Browning, Star 28, Sig Sauer, lo que cada uno se imaginara. Pensaron en llevar el martillo, pero no. El martillo era mejor para las prácticas. Aquí se iban a cargar a un enemigo. Con eso pocas bromas. El martillo rompía la veracidad. Además, ¿dónde lo metes? Hacía calor. No vestían cazadora. ¿Van a llevar el martillo en una bolsa de plástico? ¡Por favor!

—Aparte de que si alguien nos ve, ¿qué? ¿Cómo les explicas luego la patochada a los policías? Se morirían de la risa.

—Bien, pero que parezca verdad, ¿eh?

—¿ETA ha dado alguna vez un golpe con martillo?

—Joseba, no empieces con bobadas. ETA es una organización seria.

Dejaron la estación a sus espaldas. El calor pegaba fuerte. Faltaban como veinte minutos para las cinco. Asier:

—Me noto nervioso. Eso me gusta.

—¿Te gusta estar nervioso?

—No entiendes nada. Siento la verdad del momento. Eso me pone intranquilo. No como tú. Estás de juego. Se nota.

En el Boulevard Carnot, pocos transeúntes, poco tráfico, contaron hasta tres. Uno, dos, tres. A partir de ese instante comenzaba la operación. Basta de cháchara y comentarios. Se separaron. Asier caminaba por una acera; Joseba, por la de enfrente. De vez en cuando intercambiaban una mirada, acompañada de un rápido gesto de asentimiento. Todo bien.

Se juntaron en la verja de la entrada del parque Rochegude. Joseba no entendía.

—¿Para qué nos hemos separado?

—Tenías que haber entrado tú primero. ¿Por qué me has esperado?

—Yo no te he esperado. Tú te me has echado encima.

—Estabas aquí parado. ¿Qué iba a hacer?

—Mandarme una señal.

—Bueno, es igual. Estamos aprendiendo. Tira para dentro.

El parque Rochegude es pequeño. Árboles, senderos de grava, alguna que otra valla metálica para que los visitantes no pisen determinadas zonas. Todo limpio y cuidado y cielo azul. Había niños inquietos, reidores, junto al estanque, y sus madres respectivas, en grupo de conversación, con ellos. Un poco más allá se veía una rueda de jóvenes sentados en la hierba. Asier y Joseba se apartaron en busca de soledad. Había estatuas. Había palomas y bancos públicos de color verde.

De pronto divisaron al anciano. Estaba sentado en un banco, a la sombra de los árboles, solo. Parecía adormecido, ensimismado; en fin, tranquilo y como ausente, con el andador a un costado de las piernas. Asier y Joseba pasaron por delante de él. Lo examinaron de reojo, sin detenerse. Al llegar a la curva del sendero, dialogaron en voz baja.

—Este sirve.

—Parece puesto ahí aposta.

La noche anterior habían trazado el plan. Uno vigilaría. Otro dispararía al objetivo. Eso bastaba. Después escribirían un informe.

El viejo era miembro destacado de un partido opresor-españolista.

—¿Un concejal de derechas o qué?

—Da igual.

La dirección de ETA había decidido su inmediata ejecución. Se le consideraba peligroso. Por su culpa había caído un *talde*. Lo habían visto escupir a una ikurriña. Además, en tiempos de Franco, no dejaba hablar a los niños en euskera. Había que liquidarlo, pero ya.

—Tú te quedas aquí. Yo me lo cepillo.

—¿Por qué no te quedas tú?

—Joseba, no empecemos. Estoy nervioso. Es mi primera *ekintza*.

—Y la mía, nos ha jodido.

—Pues lo echamos a suertes.

—No tengo monedas.

—Yo tampoco. Las he dejado en el otro pantalón.

Usaron un billete de cinco euros. El papel aleteó unos instantes en el aire. Cayó como una mariposa blanda. Acueducto romano. Lo que había elegido Joseba. Asier no tenía buen perder.

—Pues la idea de la *ekintza* ha sido mía.

—¿Por qué no matamos al viejo dos veces? Primero lo mato yo. Después lo matas tú.

—¿Y eso se parece a la verdad?

—Se parecerá la primera vez. Se parecerá la segunda. Hasta podríamos hacer una apuesta.

—¿Qué apostamos?

—Al que mejor lo haga.

—¿Y qué se gana?

—El perdedor friega una semana entera los platos.

—Vale.

Joseba avanzó sigiloso por el camino de grava. Se plantó delante del anciano. Le dijo:

—Soy de ETA. Vengo a ejecutarte.

Entonces formó con la mano una pistola. Apuntó al anciano con el dedo índice. El anciano llevaba un audífono detrás de cada oreja. No parecía comprender la situación. Por si acaso sonrió. Sonrió como disculpándose. Como pidiendo perdón por su sordera. Joseba le disparó un tiro a la nariz. La nariz tenía pelillos en la punta. Ahí le pegó el tiro. Según el plan, debía haber pronunciado el sonido del disparo. Le dio vergüenza. Se reunió con Asier.

—Lo has hecho de puta pena. El viejo se estaba riendo. No parecías un *gudari*, sino un gamberrete. Ahora me toca a mí. Fíjate bien. A ver si aprendes.

Asier se acercó al anciano por la espalda. Para ello tuvo que caminar un trecho sobre la hierba. Hizo de la mano pistola. Repitió la misma frase de su compañero. Él sí se atrevió a imitar el sonido del disparo. El anciano no se inmutó.

Por el camino de regreso a la granja no paraban de discutir.

—Has perdido la apuesta claramente.

—Tú sí que la has perdido.

—¿Qué habrá pensado el viejo? ¿Que le pedías un cigarro?

—Chorradas. Tú no quieres fregar. Eso es todo.

ASIER LE COGIÓ miedo a esa mujer. Miedo quizá no sea la palabra exacta.

—¿Entonces cuál?

—No sé. Mucho cuidado con ella.

En la huerta había una fila de ciruelos. La fruta colgaba en abundancia de las ramas. Casi madura y no blanda del todo; en su justo punto para que Fabien la llevara a vender al día siguiente al mercado.

Guillemette llamó con dedos seguros, firmes, a la puerta de la habitación. Timbre no había. En su castellano macarrónico y sonreído les preguntó. Ellos sólo entendieron la palabra *ayudar* y poco más. Era suficiente. Asintieron, dóciles. Cabecearon, sumisos. ¿Por qué no? Incluso les gustaba tener alguna ocupación además del ejercicio físico matinal. Atareados, olvidaban el aburrimiento. De paso correspondían al favor del hospedaje.

Cada cual agarró un cesto en el almacén. Polvo y telarañas no les faltaban a aquellos cestos de boca ancha. Siguieron a Guillemette hasta la huerta. La huerta estaba detrás de la casa, rodeada por un muro de piedra. Por encima del muro se veían las copas de los ciruelos y de otros árboles frutales.

Yendo por el camino se dieron cuenta. Ella los miraba con pupilas dilatadas. Hablaba con los labios más salientes que de costumbre. Enseñaba, risueña, la dentadura. La tenía completa, no como su marido. Los dientes estaban un poco gastados, pero rectos y bastante blancos. Esa mujer, de joven, debió de ser guapa. ¿Qué edad tendría ahora? ¿Cuarenta, cuarenta y cinco? Por ahí. Era fuerte. Estaba sana, con mejillas coloradas y carnosas.

En la huerta, Asier se ofreció a recolectar las ciruelas más altas. Claro, cuanto más arriba, más apartado de la mujer. Joseba, mientras tanto, arrancaba las de abajo. Y Guillemette sujetaba la escalera de mano, un trasto de madera negruzca, carcomida, más viejo que la sarna. La escalera se tambaleaba sobre el suelo irregular. Una de las veces, a Asier le faltó poco para perder el equilibrio. Prefirió soltar la cesta. Pudo así agarrarse a una rama. Cayeron hojas. Se desparramaron las ciruelas hasta entonces cosechadas. Asier resolvió la situación con una broma. Guillemette, al pie de la escalera, sonreía.

—Tú tranquilo. Yo cojo a ti en los brazos.

Delante del siguiente ciruelo, la mujer no sujetaba la escalera, sino los tobillos de Asier. Esas manos estaban ahí sin miramientos. Y de igual forma ella las subió hasta las pantorrillas del mozo. La escalera se meneaba cada dos por tres. Así que mejor agarrar al joven.

Pero las manos de la mujer siguieron subiendo. Asier las sintió de pronto, buscadoras y deseosas, suaves y recias a un tiempo, en la cara interior de sus muslos. Esto ya no era sujeción. Esto era sobadura de la peor especie. Y con el corazón percutiente saltó de la escalera al ciruelo. El tronco se abría como a dos metros de altura en una horquilla de ramas gruesas. Allí afirmó él un pie. Y desde allí, a salvo del manoseo de Guillemette, fue recogiendo las ciruelas más apartadas.

Por la tarde, durante el paseo por el centro de Albi:

—Ya sólo le ha faltado tocarme mis partes. Mucho cuidado con ella, Joseba. Esta tipa va derecha al asunto.

—¿Por qué no te la has tirado? No lo entiendo. ¿A quién no le apetece un polvo? Sin el tuerto por allí cerca y, encima, gratis.

—Pero ¿tú estás tonto o qué? Me ha faltado poco para vomitar. En serio, casi le echo la papilla a la cara desde lo alto del árbol. Qué razón tenía mi aitá. ¿Las mujeres? No traen más que líos. Me preocupa tu ingenuidad. Mal te veo. El agujero entre las piernas a mí me deja frío. No he visto una cosa más fea en mi vida. Y, bueno, del olor ni te cuento. Es como un tajo en la carne envuelto en pelos. Y de gratis, nada. Siempre te cobran. No necesariamente en dinero, aunque a la larga te arruinan igual. ¿Qué quieren? Pues robarnos la libertad. Yo esto lo veo muy claro. Mira todos esos tíos casados. Me dan pena. Podrían vivir como Dios. Pues no. Tienen que ir cada día a una fábrica, a una oficina, al currelo de mierda. Claro, tienen que alimentar a la parienta. Y si no a ella, a la prole. Y pagar la nevera y la jamada y mogollón de facturas. Las mujeres son como las arañas. Créeme. La araña hace la tela. La mujer te atrae con encantos. Es lo mismo. Una trampa para cazarte. Luego te chupan la sangre. Te quitan la fuerza. Te apartan de los amigos. No puedes ir a tu aire. Te visten como a un muñeco. Escogen tus zapatos. Te controlan. En fin, te amargan. Yo esto lo sé por mi aitá. De verdad, las mujeres te arruinan la vida. Y todo por el puto agujero apestoso, por tres o cuatro segundos de placer de cuando en cuando. Yo, si eso, me echo una paja. El resultado es el mismo. El mismo, no. Terminas antes. Tienes paz.

A veces se daban al espionaje desde la ventana de la habitación, de vuelta de sus prácticas militares escobiles o martillescas. No todos los días, pero siempre que en el patio, a la sombra del nogal, vieran aparcado el camión de los piensos. ¿El conductor? Pues, hecho el encargo, ¿dónde iba a estar? Beneficiándose a la granjera en algún rincón del almacén. ¿Y Fabien? Si no en el mercado, con el tractor, ratatatá, labrando la tierra o durmiendo la mona en la cama a las diez o las once de la mañana.

—Igual no le importan los cuernos. O tienen entre los tres un chanchullo. Vete tú a saber. Esta gente a lo mejor se saca el pienso gratis.

—Bueno, Asier, eso te lo estás inventando.

—Hasta el perro anda en el ajo. Su dueña engañando al marido y él haciéndose el sueco. Ahí sigue, dormido como un bendito. Seguro que lo tienen enseñado.

—Mira. Ya salen.

Salían los dos del almacén, escena repetida de tiempo en tiempo, ella delante haciéndose el moño, él detrás ajustándose la correa. No tomaban precauciones. Antes de subirse al camión, él solía darle un cachete a ella en el trasero. Guillemette se dejaba. Luego él trataba de besarla y eso sí que no. La granjera lo apartaba de un empujón. Alguna vez llegó a arrearle una torta.

La noche del 20 de octubre de 2011, a la vuelta del paseo por Albi, Guillemette salió a su encuentro. Los urgió a entrar en la casa. Tras breve y confusa conversación en la oscuridad, los dos amigos siguieron a la mujer a unos cuantos pasos de distancia. Asier no tuvo duda. Temeroso, desconfiado, susurró a su compañero:

—Esta quiere fiesta en la cama.

LOS GRANJEROS TENÍAN encendido el televisor. Guillemette le arrebató de un zarpazo a su marido el mando a distancia. Esta gente, con mucho cariño, no se trata. Ella pasaba nerviosa los canales. A Fabien, sentado a la mesa de la cocina, se le veían los dos párpados caídos. El uno por defecto, el otro por modorra de borracho. Seguramente la llegada brusca de su mujer con los dos jóvenes vascos lo había despertado.

Los restos de la cena se esparcían sobre la mesa. Desde el techo, los tubos fluorescentes vertían una claridad blanquinosa, con un leve matiz violeta. Bajo esa luz como de hospital de pobres aún parecían más descomunales las manos del granjero. Asier y Joseba, parados con gesto de extrañeza detrás de Guillemette, miraban el televisor. En la pantalla se sucedían los rostros parlantes, las escenas de películas, los platós con público.

Y Guillemette, mando en mano, seguía zapeando. ¿Qué busca con tanto ahínco esta mujer? Algo quería enseñarles a sus huéspedes. Eso estaba claro. Y por fin lo encontró. Golpeado por un súbito interés, Asier aguzó el oído. A ver si entiendo. Chu, chu, chua, todo en francés. Un canal de noticias. La cosa, evidentemente, tenía que ver con la organización.

En primer plano se veía una mesa cubierta con un mantel blanco. A un costado, la ikurriña; al otro, la bandera de Navarra y la Arrano Beltza; en la pared del fondo, un póster, el del hacha y la serpiente con el lema *Bietan jarrai*. Sentados a la mesa, tres miembros de la dirección con sendas capuchas blancas y boina negra. El del centro hablaba ante un micrófono. ¿Qué decía? Ni idea. La voz del locutor tapaba la suya. Para colmo, el tuerto, berreante, se arrancó a cantar. Guillemette le lanzó una andanada de ¿tacos, insultos? De qué, si no. Luego, seria de mueca, arrugada de entrecejo, a los dos jóvenes:

—No más de *l'ETA*.

ELLOS, MUDOS. SE leyeron los ojos el uno al otro. No acababan de entender. La mujer los invitó entretanto a cenar. El acelerado cumplido pareció una tentativa de levantarles el ánimo. La mesa desordenada y sucia no resultaba especialmente acogedora. Ellos declinaron. Habían venido de Albi cenados de bocadillos, de almendras saladas y agua de una fuente pública. Los urgía quedarse a solas. Dijeron adiós en francés. Tanto como eso ya sabían. Sonrisa con una nota de tristeza: sólo les contestó Guillemette. El tuerto se había vuelto a dormir.

Asier y Joseba atravesaron deprisa, casi corriendo, el patio a oscuras. *Mao* insinuó un ladrido interrogante desde el interior de su caseta. ¿Qué os pasa, vascos con olor a mierda de gallina? ¿Por qué vais tan deprisa?

O quizá una protesta: tíos, os movéis por aquí como ladrones. Por poco os salto al cuello. Y ellos se llegaron en silencio a la habitación.

Mientras se desvestían:

—Yo esto no me lo creo. Además, la granjera ¿qué sabe? Esa sabe de ponerle los cuernos al tuerto. De lo nuestro no tiene ni puñetera idea. Piensa un poco, Joseba. ETA nos trae a este refugio. ¿Para qué si no piensa seguir con la lucha armada? Esto es un truco para limpiar de topos la organización. No sería la primera vez. ETA declara un alto el fuego por razones estratégicas. Bien. Al mismo tiempo, de puertas para dentro, no se deja de funcionar. ¿Entiendes?

—A ver qué dice el enlace.

—¿Qué va a decir? Lo mismo que yo. Tantos años de sacrificio no se tiran así como así al cubo de la basura. Pero ¡si aún no se han conseguido los objetivos!

—Ni uno.

—Euskal Herria continúa tomada por fuerzas de ocupación y con el capitalismo machacando a los trabajadores.

—No tenemos Estado propio. A Navarra aún no la hemos incorporado.

—Ni a Iparralde. Y las cárceles están a tope de compañeros.

—Vas a tener razón. Aquí habrá una jugada escondida de los jefes. Porque, además, tampoco nos han dicho nada. No es que tengan que avisarnos. Pero, concho, una nota, una circular, algo, ¿no?

—A los topos hay que cogerlos desprevenidos.

—Ah, bueno. No había pensado en ese detalle.

Sin televisor, sin radio, sin teléfono, sin ordenador, aislados en la granja, no tenían modo de confirmar la noticia. A Asier, más impulsivo, se le ocurrió ir sin demora a Albi. Pero pasaban de las once de la noche. Pero estaban los dos en pijama. Y *Mao*, a esas horas, igual los ataca.

No podían dormir. Se asomaron a las tantas de la madrugada a la ventana trasera. El río, ahí cerca, se fundía silencioso con la oscuridad. Se veían luces diminutas en la distancia. El cielo estaba punteado de estrellas.

—¿No es raro?

—¿El qué es raro?

—Ocurren cosas graves en el mundo. Aquí, en cambio, no se mueve nada. La noche tranquila, el río tranquilo, la luna allá arriba.

—Joseba, porfa, no me rasques la paciencia. ¿Te ha dado de golpe por la poesía o qué? ¿No te das cuenta de la situación? ¿Qué va a ser de nosotros? Sin el amparo de ETA, ¿cómo vamos a seguir en la granja? ¿Adónde vamos tú y yo?

—La organización no deja a sus militantes tirados. Tú mismo lo has dicho otras veces.

Callaron unos instantes. Los grillos cantaban. A ratos sonaba un chapoteo fugaz ahí abajo, en las aguas oscuras. ¿Algún pez que saltaba?

—Ya es mala suerte.

—¿El qué es mala suerte?

—El fin de la lucha armada nada más llegar nosotros. Sin habernos estrenado. Sin haber hecho nada por nuestro pueblo.

—Pues sí. Vaya birria de papel nos reserva la Historia.

—Llegar tarde. Lo que nos faltaba. Llegar cuando se han apagado los focos. Cuando todo el mundo se ha marchado a su casa. No, no y no. Yo no me resigno. Mañana hacemos instrucción, ¿eh, Joseba? Unas carreritas, unos ejercicios, como todos los días, ¿eh? Por nada del mundo debemos bajar la guardia, compañero. Por si acaso, hay que estar en forma. Si no, te vuelves gordo y perezoso. Para mañana, ¿qué teníamos?

—Tiro con escoba.

—Pues tiro con escoba. Cualquier cosa menos estar parados.

El comando Tarn

ESTUVIERON ESPERANDO AL enlace en el aparcamiento de la estación de ferrocarril. Una hora, dos. Dieron una vuelta por los alrededores. Menos mal que no llovía. El uno por aquí, el otro por allí. Se separaron por precaución. Por si había policías camuflados. Igual el enlace, cauteloso, había preferido no acercarse.

Al rato volvieron al lugar de la cita. Otra hora. Nada. Ni rastro del tipo. Y Asier y Joseba veían confirmada su sospecha de las últimas semanas. ¿Qué sospecha? Pues que ETA se hubiera olvidado de ellos.

Los rodeaba, aplastador del ánimo, el gris de noviembre. Andaba poca gente por las calles de Albi. A las ocho y media ya había oscurecido en la ciudad episcopal. Viento y un frío que pela. Cenaron unos tristes cacahuetes. Y de postre, unas peras insípidas de supermercado.

—¿Qué hacemos?

—Déjame pensar.

—No estamos fichados. Podríamos volver, yo a mi pueblo y tú al tuyo. Después ya veríamos.

—Eso es desobedecer a la organización. Yo al pueblo no vuelvo como desertor. La gente me negaría el saludo. Nos trajeron aquí. Aquí nos quedamos.

—Sin instrucciones, sin dinero. Tú verás.

—Para el carro, Joseba. Que nadie nos llame luego arrepentidos. Nos metimos en esto con todas las consecuencias. Te di mi palabra. ¿Te acuerdas? Y tú me diste a mí la tuya. Esa promesa nos une. Los de la dirección habrán empezado por los veteranos y los miembros de los *taldes* operativos. Normal, ¿no? Compañeros en busca y captura. Hay que ponerlos a salvo cuanto antes. Luego se ocuparán de los militantes encargados de las labores de infraestructura, información y todo eso. Al final nos tocará a los nuevos. Nuestros nombres tienen que estar en alguna lista.

Emprendieron el camino de regreso a la granja ya entrada la noche. Algunas rachas de viento los obligaban a andar encorvados. Ellos apretaban los dientes. Proferían juramentos. De pronto, una gota fría en la cara. Después, otra. Y enseguida se desató el aguacero furioso. Asier y Joseba se detuvieron bajo un tejadillo adosado a la fachada de una casa. Inútil refugio. Resignados, continuaron su camino. Pronto dejaron atrás la última farola de Albi. Para entonces ya iban completamente mojados.

Asier hablaba a solas en la oscuridad.

—Tanto sacrificio, ¿quién nos lo agradecerá?

Por esos días pasaban fuera de la granja el mayor tiempo posible. Más que nada a causa de la mujer. Un día se sacó un pecho delante de los dos jóvenes vascos. Se les insinuaba. Ellos no sabían si de broma o qué. Aunque eso no era lo peor. ¡Con no hacerle caso!

—No más de *l'ETA*.

Y dale. Desde el pasado 20 de octubre Guillemette chapurreó la frase, con intención recordatoria, repetidas veces. Les preguntaba en castellano macarrónico por sus planes. Ellos le daban largas. Que hasta noviembre no tenían cita con el enlace. Que esperaban órdenes de la dirección. El tuerto también se acercó una mañana a hablarles. Ellos no entendieron más que aquello de *l'ETA*. Granjero y granjera pronunciaban *leteá*.

—Para mí que estos nos quieren perder de vista.

—Claro. Su compromiso era con ETA, no con nosotros. Ahora sí que les debemos de parecer dos gorrones.

Por mediación de Txalupa, al principio renuente, lograron entrevistarse en Toulouse con un miembro de la organización. Uno que tenía una cicatriz encima de una ceja. No quiso decir su nombre. Pasearon, conversantes, por los alrededores del estadio de fútbol.

—¿Formáis parte de la reserva especial?

—No, nosotros no... Estamos esperando.

—¿Esperando a qué?

—A que nos llamen para un cursillo de adiestramiento.

—¿Aún no habéis militado? En ese caso buscaos la vida por vuestra cuenta. La lucha armada se ha acabado. ¿Os han detenido alguna vez? —Joseba y Asier negaron, cabeceantes—. Yo que vosotros me largaba a casa. La organización podría a lo mejor gestionaros el salto a México o a Venezuela. No estoy seguro. Las finanzas andan jodidas. Tendríais que preguntarle al enlace. Y, si no, ¿por qué no buscáis un currelo en Francia?

Aquellas palabras sonaron a amonestación. No era simpático el de la cicatriz sobre la ceja. Hosco de gesto, insistió en quedarse a solas con Txalupa. Asier y Joseba esperaron en el puente. El agua bajaba lenta, aburrida. En una orilla había un muro; en la otra, árboles. Y ellos miraban la corriente acodados en la barandilla.

—Este río ¿adónde va?

—A la mar.

—Concho, qué listo. ¿A qué mar?

—A uno que hay por ahí.

Al cabo de un rato, Txalupa se reunió con ellos.

—Se ha ido cabreado. Os considera unos pardillos. Que para qué le he hecho perder el tiempo. Bah, no hagáis caso. Es un gilipollas. Siempre lo ha sido. Se cree Dios. Dentro de ETA, la verdad, no ha llegado a nada. Que le den por saco.

EN CASOS COMO este, a Joseba, de niño, su madre le preparaba un tazón de leche caliente con miel. Y, enseguida, a la cama. Había cogido frío. Claro, esas carreras matinales por el borde del Tarn, la ducha en el almacén, el pelo mal secado, los paseos por Albi hasta ya entrada la noche, el viento gélido de algunas tardes.

Diciembre.

Él y su compañero evitaban meterse en bares y cafeterías. Habrían podido entonarse al calor de un café con leche. No había presupuesto. Así que mejor no entrar. El enlace ¿no pensaba venir o qué? Andaban cada vez más escasos de fondos. Habían convenido en una reducción drástica de los gastos.

En las tardes de frío y lluvia, la catedral les ofrecía cobijo. Allí al menos podían matar el tiempo sin mojarse. Jugaban a los barcos en voz baja.

—Hache seis.

—Tocado.

Se amodorraban envueltos en los compases del órgano. A veces pasaban del sopor al sueño profundo, también durante los oficios religiosos. Les daba igual con tal de no exponerse a los rigores de la intemperie. Y, a pesar de las precauciones, Joseba cayó enfermo.

La primera molestia fue un picor agudo de garganta. Intentó paliarlo con caramelos de menta. El picor fue rápidamente en aumento. Se le taponaron las narices. Le entró hormigueo en los ojos. Le ardía la frente. Tiritaba. Tuvo que guardar cama. A Asier no se le daba bien hacer de madre. Tampoco se esforzaba mucho, la verdad. Sudoriento, febril, Joseba se dedicaba a pasarlo mal con la manta subida hasta la barbilla. Asier veía llover de pie junto a la ventana.

—El catarro te ha entrado por culpa de un punto débil. Aquí me tienes a mí. Ni me has contagiado ni nada. Y eso que no me separo un minuto de tu lado. Mis genes vascos no se andan con chiquitas. ¿Que llega una bacteria? Muy bien. Ven aquí, bonita. Mis genes le dan una paliza y adiós problema. Pero tú tienes ese tercer apellido castellano.

Joseba, mareado, se defendía a duras penas.

—San Ignacio de Loyola también se apellidaba López y además de primero.

—¿Y tenía buena salud?

—Yo qué sé.

—Pues a eso iba. La parte no vasca de tu sangre es como una brecha en el cuerpo. Por ahí te entran las infecciones. O por ahí se te va la fuerza. No lo puedes negar. Mírame a mí. Hago lo mismo que tú. Paso el mismo frío. Tampoco tengo secador de pelo. ¿Me he constipado? No. Pues para que veas.

—¿Me podrías hacer un favor?

—Lo que quieras.

—Deja de tocarme las pelotas.

Joseba no se despertó en mejor estado a la mañana siguiente.

—Tú no tendrás nada grave, ¿eh?

Joseba, los párpados a medio abrir, no se movía. Tampoco después que su compañero le hubiera arreado un meneo no precisamente con ternura. Respiraba con dificultad, por la boca. Y Asier, cada vez más nervioso, le dirigió reproches. Que no había puesto cuidado. Que no se había abrigado bien. Joseba, húmedo de fiebre, invocó con voz entrecortada a su madre. A su *amatxo*, allá en el pueblo, sin saber de él. La *amatxo* que con un tazón de leche caliente y miel ya lo habría curado.

—Leche aún nos queda. La miel, como no te la pinte...

Asier bajó a la nave a echar una mano a los granjeros. De paso a que lo convidasen como de costumbre, en un descanso del trabajo, a una taza de café y a un pedazo de bizcocho. Volvió pasadas las doce con dos gallinas muertas. La falta de dinero los obligaba a comer casi todos los días lo mismo. El hambre había empezado a asomar por sus estómagos. Joseba seguía acostado en la misma postura que a primera hora de la mañana. Algo murmuró de pronto. No se le entendía. Asier, con una gallina en cada mano, acercó el oído. Su compañero enfermo estaba llamando de nuevo a su madre.

El tema lo habían tratado hacía unos años en la *herriko taberna* del pueblo de Asier. Que el soldado moribundo, con el cuerpo acribillado a balazos o reventado por una granada, acostumbra invocar a su madre.

Había pasado en muchas batallas. Se veía en las películas. Y no era cobardía ni motivo de vergüenza, sino una cosa muy natural. Uno se vuelve un poco niño en los últimos instantes de la vida. Uno se siente desamparado. También cercano al origen; por tanto, a la madre. Esto lo había hablado Asier más de una vez con los de su cuadrilla. ¿Son los brazos de una madre un buen sitio para morir? Votaron a mano alzada. Ganó por unanimidad el sí.

—Joseba, compañero, tú aguanta. Me voy a toda pastilla a la ciudad. A ver si te consigo un tarro de miel.

NO LE RESULTÓ difícil a Asier encontrar la estantería. Claro que tampoco entraba por vez primera en aquel supermercado. En realidad, tenía pensado ir a uno del centro de Albi. Lo conocía mejor. Luego vio este, al doblar una esquina. Se dijo: qué leches. Entró sin dudarlo. Enseguida divisó las hileras de frascos de mermelada. La miel no podía estar lejos. No lo estaba. Comprobó sorprendido la gran variedad de marcas y clases. Había miel de distintos colores. También se distinguían unas de otras por el precio. Trató de ponerse en el lugar de la amá de Joseba. Para mi hijo, lo mejor. Como si la estuviera oyendo. Las madres ¿qué van a decir?

Descartó los frascos demasiado grandes. Descartó otros por demasiado pequeños, así como, llevado por un rechazo instintivo, los envases de plástico. A él también le apetecía probar la miel. Bueno, la miel y cualquier cosa que le pusiera en la boca un sabor distinto del de la carne de gallina.

Se decidió por un frasco de *miel de bruyère,* la más oscura de todas las expuestas en las baldas. También una de las más caras. Lo eligió, no por el color, sino por otra causa para él menos trivial. Debido al tamaño y a su forma alargada, el tarro, de 250 gramos, era fácil de esconder en el bolsillo interior de la cazadora. Cogió uno con la mayor naturalidad posible. Para su amigo tan enfermo, el pobre. Consideró el elevado precio una garantía de calidad. Echó a andar con calma. Su única preocupación: no despertar sospechas. Conque no miraba a los lados y mucho menos a su espalda. Tampoco escondió el frasco. Incluso lo exhibía. ¿Había cámaras? Por supuesto. Allá arriba, una; más allá, otra. Que no me tomen por ladrón. ¿Yo, ladrón? Yo milito en una ideología.

Aposta enfiló un pasillo concurrido y ancho. Gente de palique junto al puesto de fiambres y quesos, gente concentrada en lo suyo y un empleado colocando botes. A escasa distancia de dos señoras, se agachó. Fingió interesarse por los productos de la balda inferior. En ese momento, visto y no visto, el frasco de miel desapareció en el interior de su cazadora. Asier se irguió. Examinó, sin entender ni jota, los datos consignados en un paquete de arroz. Lo devolvió a su sitio. Anduvo por estos y los otros pasillos. Enristró por fin hacia la zona de las cajas. En una de ellas, una chica joven le estaba cobrando a un cliente. Se acercó. Mostró en señal de honradez las palmas de las manos. No llevaba nada. Pasó por detrás del cliente.

—*Pardon* —dijo.

Un poco del idioma local siempre se pega. Salió por el otro lado. Y entonces, al cruzar entre los paneles antihurto, se desató la escandalera chirriante de la alarma.

—¿Y qué has hecho?

—Sólo había una opción: actuar como militante. Todo menos quedarme quieto. O dar explicaciones. O que un musculitos de seguridad me entregue a la policía. Así que he echado a correr con toda mi alma. Ya te lo he dicho muchas veces. Conviene estar en forma.

—¿No te ha seguido nadie?

—Ni idea. No he mirado para atrás. He corrido un montón de rato. Me noto fuerte. Me noto con ganas. Para mí esta ha sido mi primera *ekintza* de verdad. Con esta inauguro mi palmarés. Sin curso de adiestramiento ni pollas en vinagre. La valentía no se aprende. La astucia tampoco. Si me llegan a detener, menudo lío. ¿Qué digo en la comisaría? He venido pensando por el camino. En realidad no paro de pensar desde hace

62

dos meses. Nos han dado con la puerta en las narices. Como lo oyes. No sólo a nosotros. También a la causa de una Euskal Herria libre. Yo lo tengo muy claro, compañero. La dirección ha desertado. Esto ha sido una traición. ETA se ha suicidado.

Joseba, sin apenas voz, la cabeza hundida en la almohada, pidió agua. Le ardía la frente. Tenía la boca hecha un arenal de sed. Asier ya había puesto leche a calentar. Abierto el frasco, probó la miel. Qué buena. Y siguió hablando:

—He tenido una idea. Por el bien de nuestro pueblo, tú y yo vamos a continuar la lucha armada, pero tranquilo. Primero cúrate. No te meto prisa. Ante todo debemos estar sanos y fuertes. Ojalá tenga razón tu amá con el remedio este de la miel. La mía, a mí, estos mimos no me daba. Me dio genes vascos. Algo es algo. Con ellos me apaño.

La leche, en el cazo, estaba a punto de desbordarse.

—¿Cuántas cucharadas de miel quieres?

Joseba callaba. Asier tuvo que repetir la pregunta.

—¿Una, dos?

—Me da igual.

—Pues te pongo dos.

Ayudó a su compañero a incorporarse. Le alcanzó la taza humeante de leche con miel. Joseba dio un sorbo.

—Quema.

—Sopla.

Asier acercó una silla a la cama de Joseba.

—Ya lo sé. No tenemos armas. Ni experiencia. Ni infraestructura. En una palabra, no tenemos nada. Miento. Tenemos juventud, energía y fe. Amamos a nuestro pueblo. ¿Quién nos puede parar? Esta tarde he conseguido miel. El objetivo estaba claro. ¿Un frasco de miel? Pues un frasco para mi camarada enfermo. Todo ha sido cuestión de actuar con método y arrojo. Primero he pensado en una estrategia. Después la he puesto en práctica. Para eso no me hace falta un monitor. Al final he corrido como una moto. Aquí está el resultado. Pues con la lucha armada es lo mismo. Objetivo, cerebro, estrategia y decisión. Tú y yo vamos a refundar ETA. El nombre es lo de menos. ETA, ATE, ITO. ¿Qué más da? Tú y yo contra el Estado español y contra las fuerzas de ocupación de nuestra patria. Ya se irán sumando otros compañeros. Por el camino iremos aprendiendo. Poco a poco mejoraremos.

Joseba seguía soplando la taza. Dijo:

—Tampoco tenemos dinero.

—Te lo repito. Necesitábamos miel. La tenemos. Necesitamos dinero. Lo tendremos. Tú primero cúrate. Yo ya me encargo mientras tanto de preparar un plan de acción. Chavalote, vamos a hacer historia.

A JOSEBA AQUELLA miel oscura no le gustaba. En su opinión, tenía un sabor raro. No lo podía explicar. En fin, no le gustaba. Prefería la de toda la vida, más líquida y clara. La que le daba su amá de niño. Ojo, no negaba los posibles efectos beneficiosos de la miel oscura. Eso no.

En plena racha de locuacidad, se dio cuenta de dos cosas. Una, que estaba de nuevo en condiciones de quejarse. Empezaba, pues, a recuperar las fuerzas tras cuatro días de padecimiento. ¿Se había curado? Le quedaban síntomas, pero pocos y llevaderos.

Dos, que en lo tocante a la miel, Asier, qué extraño, no le contradecía. Con lo discutidor que era. Y con lo que se había arriesgado por conseguirla. Y con lo orgulloso que estaba de su ratería en el supermercado, para él un auténtico ejercicio de militancia.

—Asier, ¿qué tienes?

Eran las diez de la mañana. Fuera, nevaba. Su compañero seguía en la cama, inmóvil y silencioso. A esa hora solía despachar alguna tarea para los granjeros. Joseba se acercó a mirarlo. Le dio la vuelta. Le vio la cara.

—Te has contagiado el trancazo.

Y así era. Los mismos sudores, el mismo malestar, parecida fiebre. De víspera se había quejado de carraspera. Al parecer había pasado una mala noche. Joseba se apresuró a abrir las dos ventanas. Olía a cerrado en la habitación. Ellos apenas ventilaban. ¿Y eso? Pues porque no disponían de calefacción. Mejor el tufo que el aire helado. Entraron de repente algunos copos volátiles. Se formó algo de corriente. El frío de fuera entró por una ventana. El mal olor de dentro salió por la otra.

Ahora el locuaz era Joseba.

—Vivimos en una nevera. Ya puedes tener los genes de un supermán vasco vasco. Al final, caes. Entendámoslo como una vacuna. La enfermedad de hoy te protege de la de mañana.

Con la voz tomada, Asier le pidió un favor a su compañero. Que bajase a ayudar a los dueños de la granja. Esto lo tenían más que hablado entre los dos. Convenía mostrarse serviciales. De momento, los aceptaban. Ya se vería por cuánto tiempo. Tarde o temprano se acabaría la inercia solidaria de Fabien y Guillemette con los miembros de una organización inactiva. Por aquellas fechas de diciembre el tiempo era malo. Asier y Joseba no tenían adónde ir. De todos modos habían decidido marcharse. ¿Cuándo? Desde luego no ahora con estas bajas temperaturas y la nieve.

—Voy a ayudar a esos. ¿Necesitas algo?

—Vete. Me curo solo.

Joseba se fue a casa de los granjeros en busca de tarea. Martes, día de mercado. No se acordaba. El tuerto se había ido a vender sus productos a la ciudad. Guillemette, vestida con una bata desgastada, se apenó de los jóvenes vascos, enfermo el uno hasta ayer, enfermo el otro desde hoy. Lo expresó con muecas compasivas, en castellano precario. Le ofreció a Joseba un desayuno de primera categoría en la cocina de su casa. Café, pan tostado, almendras fritas, queso, mermelada de producción propia y más. Él, modoso, agradecido, preguntó por el trabajo. ¿Trabajo? Ninguno. Y la mujer señaló el patio blanco, visible a través de la ventana. Más tarde metió para Asier, en una bolsa de plástico, un pedazo grande de bizcocho y fruta. Y en un momento dado le plantó a Joseba, él sentado, ella de pie, una mano tierna en la espalda. Casi lo besa. Pero esa mujer tenía un hábito. Al parecer no traspasaba nunca una determinada raya en sus avances sensuales. Asier y Joseba lo sabían. La mujer llegaba hasta aquí. Hecha la insinuación, se paraba. Ahora le tocaba al varón asumir la iniciativa. Y, si no, no había acción. Tampoco en este caso, con Joseba, la hubo.

Ya lo dijo ella una vez, sonriente:

—Vascos poco amor.

Cerca del mediodía, Joseba encontró a su amigo en un estado lastimoso. Asier no probó el bizcocho ni la fruta. Ni siquiera le quedaban fuerzas para mirarlos. Desfallecido, pidió agua con las mismas boqueadas susurrantes que Joseba en los días anteriores. Le ardía la frente. Sudoroso, temblaba.

—Tú necesitas la mejor medicina. Yo te la voy a traer.

Y sin perder un minuto, Joseba se marchó a la ciudad, aún no del todo repuesto de su reciente constipado. La nieve, en algunos sitios, le llegaba hasta los tobillos. Iba expeliendo vaho por la boca. Sin bufanda, porque no tenía. Con una gorra de visera y con la cazadora de Asier, de bolsillos interiores más hondos que los de la suya. Vio el supermercado de la miel oscura. Ese no era para él. Siguió por calles nevadas hasta un supermercado del centro. Aprovechó para abastecerse de leche. Se les había terminado. Eligió sin vacilar un frasco de miel líquida y clara, la de toda la vida, la de sus catarros de infancia. Salió sin pagar. No hubo alarma. No tuvo que echarse a correr.

TODAVÍA CONVALECIENTE, ASIER se levantó de la cama. Era el atardecer. ¿Adónde va? Joseba estaba fregando vajilla. Su compañero, aturdido, tambaleante, se acercó a él. Le dio un abrazo por detrás.

—¿Qué haces?

Que a él nunca lo habían cuidado así en su casa. Lo dijo como hablando en sueños. Se volvió a la cama.

A la mañana siguiente, los dos amigos salieron al campo. No a correr. Para eso ya habría ocasión otro día. A caminar. A respirar. A estar juntos. Y también porque Asier quería decirle a Joseba cosas. ¿Qué cosas? Cosas personales que, según él, los vascos sólo se dicen en el monte. Y como aquí no hay monte, pues en el campo.

Apenas quedaban sobre la tierra restos de la última nevada.

—Tengo dos hermanos. Bueno, un hermano y una hermana. No nos hablamos desde hace años. Tampoco ellos se dirigen la palabra. Mi familia es así. Nunca nos hemos querido. Igual yo he querido a mi padre un poco. No estoy seguro. El viejo me daba pena. Un infeliz casado con una mujer de mármol. Mi aitá bebía mucho. Bebía para aguantar. Por lo menos no era pegón. Tengo otro hermano. El mejor. El que más quiero. Y hasta hace poco no lo sabía. El resfriado de estos días ha sido una suerte para mí. ¿Sabes por qué? Porque he podido encontrar a mi tercer hermano. Ese hermano eres tú. En serio, tío. Enorme lo que has hecho por mí. La leche caliente y la miel no curan. Cura el afecto. A lo mejor tú estás acostumbrado. Yo, no. Cuidados como los tuyos no los he recibido nunca de nadie. ¿De mi madre? Olvídate. Prefiero no hablar más de esto. Me faltan palabras.

—Tranquilo, Asier. Estamos juntos. Tú me ayudaste a mí. Yo te he ayudado a ti.

El río Tarn bajaba turbio y crecido. A ellos les gustaba tirar piedras a la corriente. Joseba tiró una como retando a su compañero. Después de varios botes sobre la superficie, la piedra se hundió hacia la mitad del cauce. Asier no se sentía con ánimo de juegos. Seguía hablando de sus asuntos en tono encendido.

—Actuaremos como un solo hombre. Nada ni nadie nos va a separar. He tenido amigos. Los de la cuadrilla. Para potear y eso. O para jugar a pala en el frontón. Pero después cada uno a su casa, ¿eh? Contigo es distinto. Por ti me jugaría la vida. Te lo juro. No lo haría por nadie. Por Euskal Herria, por ti y para de contar. Hecho polvo en la cama, te veía estos días ayudarme. Qué compañero más grande, pensaba.

—Ya es casualidad. Lo mismo pensaba yo la semana pasada. La miel no me gustó. Que *irías* a mangarla, sí, un montón. ¡Te podían haber pillado! Te escogí como ejemplo. ¿Te diste cuenta?

—Algo me olí.

—Qué bueno serías para padrino de mi hijo. O de mi hija. De lo que haya habido. Eso también lo pensé. Seguro que Karmele estará de acuerdo.

—No sé. Tuve un sueño la otra noche. ¿Te lo cuento? No es agradable.

—Cuenta. Hay confianza.

—Tiene que ver con tu hijo. En el sueño asistí al parto con bata blanca. No había médico, ni comadrona. Karmele daba unos gritos bestiales. Se oían por todo el pueblo. No me lo habías contado.

—¿El qué?

—Que Karmele chilla tanto.

—Nunca la he oído chillar.

—Ella te veía parado. No sabías qué hacer. Entonces: Asier, Asier, ayúdame. Y tú ahí quieto como

70

un pasmarote. Ella no para de pedirme ayuda. Me ofrece dinero. Lo rechazo. Me regala su cama. No hace falta, de verdad. A todo esto, el crío empieza a salir. Yo tiro de la cabeza. ¡Qué iba a hacer! No tengo ninguna experiencia en partos. Tú no te atreves. Me toca a mí hacer el trabajo. La cabeza con pelos negros se escurre hacia dentro. Karmele y tú me decís cosas raras. Que toque sin miedo. Que lo exige la situación. No tengo miedo. Me da reparo. Eso es todo. Además, tú estás delante. Joder, ¿no te das cuenta? Karmele es tu novia. ¡Tocarle eso! Pido unos guantes. No hay. Karmele grita. Tú insistes. Que le toque. Que de verdad no te importa. Pues si no hay más remedio... De nuevo asoma la cabeza del niño. O de la niña. Eso aún no lo sabemos. Esta vez la agarro con mucha fuerza. Quiero acabar cuanto antes. Karmele echa por su sexo un líquido caliente. Parece consomé. El olor es fuerte. Tengo las manos mojadas. Sucias de una pasta negra. Y también sale sangre. No me puedo tapar la nariz. Un calor como de horno me pega en la cara. El bebé trae el cordón umbilical arrollado al cuello. Por eso tiene la piel morada. Ahora lo entiendo. Cojo el cordón con las dos manos. Aprieto con todas mis fuerzas. El niño lloraba. Ya no llora. Le falta aire. Yo no quiero hacer esto. Lo hago. Tú me miras. No entiendes. No te enteras de nada. Karmele sigue chillando. Finalmente el niño sale muerto. ¿Lo he matado yo? Supongo que sí, sin querer. Se lo entrego a Karmele. Ella lo coge emocionada en sus brazos. Está feliz. Me da las gracias. Su hijo no vive. Karmele no se da cuenta. Tú tampoco. Salgo corriendo a lavarme las manos en la fuente del pueblo. La ventana de la habitación está abierta. Desde la calle os oigo llorar con mucho sentimiento. Cruzo la plaza. Llego a la fuente. La gente me saluda. Algunos me dan la enhorabuena. El párroco se arrodilla delante de mí. Un santo, un santo, dice. Se acaba el sueño. Espero que no te enfades.

—Tranquilo. Es sólo un sueño. Estas historias no se pueden parar. Vienen solas. ¿Tiramos piedras al río? Podríamos practicar el lanzamiento de granadas de mano.

—Mejor otro día.

PELIGRO. UN COCHE de la Gendarmería Nacional en el patio. Llegó a bastante velocidad. Detrás quedó flotando una nube de polvo. El coche se detuvo ante la casa de los granjeros. Se apearon dos agentes. *Mao*, atado con la cadena a la argolla de la pared, lanzaba ladridos frenéticos. Serían como las tres de la tarde, minuto arriba o abajo. Sol, pájaros rápidos en el aire. Asier y Joseba miraban escondidos tras la ventana. Se disponían a ir a la ciudad.

—¿Vienen a por nosotros?

—Abre por si acaso la otra ventana. Si eso, saltamos.

Guillemette salió a recibir a los gendarmes. Estuvo unos instantes hablando con ellos. Gesticulaba nerviosa, el pelo revuelto. Esa mujer no se cuida. Del tuerto, ni rastro. Tras una breve conversación, entraron todos en la casa.

—Esto no tiene que ver con nosotros. ¿Qué opinas?

—Espera un poco. No me fío.

Al rato salieron de la casa los dos gendarmes acompañados por Guillemette. Hablaban en apariencia tranquilos. Ella los despidió dándoles la mano. Se montaron en el coche. *Mao* no paraba de ladrar. Tiraba con rabia de la cadena. Ese perro, algún día, se va a estrangular. El coche se perdió de vista por el camino. Ahora la nube de polvo no era tan violenta como antes. Guillemette regresó a la casa. Fin de la escena. Asier y Joseba se apartaron de la ventana.

—Falsa alarma.

—Puede ser. Para el militante nunca está de más la desconfianza. Me siguen pinchando las sospechas. ¿A ti no?

—Hombre, los polis habrían venido para aquí.

—Nunca se sabe. Igual no les interesa cogernos ahora. Prefieren vigilar nuestros pasos. Así la redada luego es mayor.

—Pero nosotros no tenemos trato con nadie. Estamos más solos que la una.

—Eso ellos no lo saben.

73

—Ahora que lo dices...

A Joseba le acababa de venir un pensamiento. ¿Cuál? Que, en efecto, las fuerzas de seguridad los buscan, pero no en razón de su militancia. ¿Por qué razón entonces?

—Igual es una bobada. Yo, por si acaso, te la suelto. Un día robaste miel en un supermercado. Otro día yo hice lo mismo en otro. En mi supermercado, no sé. Es bastante pequeño. En el tuyo sí había cámaras. ¿Y si te grabaron mangando? Te han visto hace poco en la ciudad. El resto puedes figurártelo. ¿Y si me buscan a mí? Por lo que sea. Porque alguien me pilló escondiendo dentro de la ropa la leche y la miel. Casualmente el testigo es cuñado o sobrino de un policía. Me reconoció ayer. Nos siguió por la calle. Nos vio llegar a la granja. Alertó a los gendarmes. Me buscan. Te buscan. Nos buscan a los dos. ¿Qué opinas?

—Que vamos a salir de dudas esta misma tarde.

Asier expuso su plan. Lo primero de todo, una advertencia: no iban a Albi de maniobras, ni de prácticas, ni de nada de eso. Esta es la pura realidad. ¿Los sigue la policía? ¿Los vigila gente rara? Había que averiguarlo sin pérdida de tiempo. Irían juntos. Se separarían. Volverían a juntarse. Cambiarían bruscamente de dirección.

Así lo hicieron. Callejearon por Albi con las manos en los bolsillos. Ponían cara de paseantes despistados. Se paraban delante de los escaparates. No pres-

74

taban atención a las mercancías expuestas. Las lunas eran para ellos como espejos retrovisores. Transcurrieron dos horas. Nada. El puente Viejo se les figuraba un lugar pintiparado para sus fines. Se llegaron a él por rumbos distintos. Asier lo atravesó primero. Sentado en el pretil del Quai Choiseul, Joseba observaba los pasos de su compañero. Asier llegó sin apresurarse al otro lado. Ni sombra de un perseguidor. Aquel ciclista tal vez. Pero... qué va. Dos chavales de catorce o quince años venían en la dirección contraria. Tampoco tenían pinta de policías. Al cabo de varios minutos le tocó a Joseba atravesar el puente. Así lo tenían los dos acordado. Ahora Asier observaba arrimado a la pared de ladrillos de una casa. Tampoco descubrió señales sospechosas.

—Esto no quiere decir nada. Tontos no son. Por aquí hay mucha ventana y mucho tejado. O nos esperan en el otro lado los muy listos. Como de todas formas tenemos que volver...

CONQUE VUELTA PARA atrás en dirección al casco antiguo. Hicieron alto a una seña de Asier, en mitad del puente. ¿Qué pasa? Asier quería decirle algo a su compañero. Aquel era un buen lugar para confidencias. Allí estaban solos. Nadie podía oírlos.

—¿Te has dado cuenta? Hoy estamos actuando como una auténtica célula guerrillera. Y no lo hacemos nada mal, ¿verdad?

—Ya era hora. Me moría de ganas.

—Propongo una breve conversación como recreo en la actividad. ¿Te sientes con ánimo?

—Sí.

—¿Tienes algo que añadir?

—Todo va bien. Con esto de la lucha armada hay que ir paso a paso.

—Exacto. Tenemos que reunir experiencia antes de lanzarnos a acciones de mayor envergadura. Nada de creer que ya lo sabemos todo. Poco a poco, ¿vale? Y siempre aprendiendo. Esto de hoy no son pruebas. Esto ya es la realidad pura y dura. Sigamos, pues, con el plan de seguridad como hasta ahora.

Continuaron su camino de regreso a la granja. El uno iba delante. El otro, como a diez o doce pasos por detrás. La tarde había entrado en su morado más profundo. La noche esperaba a la vuelta de la esquina. La temperatura era tolerable, tirando a fresca.

En la Avenue Général de Gaulle avistaron dos coches de policía. Los coches se cruzaron en sentidos opuestos. ¿Casualidad? Mucha policía es esta. Los coches se perdieron de vista sin mayores consecuencias.

—El corazón me ha dado un vuelco. ¿Qué opinas?

—Me he quedado con las matrículas.

—¿Para qué?

—Por si vuelven a aparecer.

—Buena idea. No se me había ocurrido.

Reanudaron la marcha como hasta entonces. Llevaban intención de cenar cualquier cosa por el camino. Algo barato. Se alimentaban principalmente de carne de gallina. El café con bizcocho de media mañana, por generosidad de Guillemette, significaba para ellos uno de los momentos culminantes de la jornada. ¿Que los granjeros les ofrecían un puñado de nueces? Pues las aceptaban con mal disimuladas ganas de comerlas al instante. Y también les ofrecían avellanas sin saber realmente de su necesidad. Y patatas de la última cosecha. Y algún que otro trago del vino tinto del tuerto, acompañado de queso y canciones desafinadas. Impelidos por el hambre, a veces arrancaban hojas de lechuga en la huerta de los granjeros. Una hoja de aquí, otra hoja de allá. De esta forma no se notaba el hurto. Y por las tardes, en la ciudad, picaban alguna chuchería. Gastaban un promedio de tres euros diarios en comida, excepcionalmente cuatro o cinco, según. Habían perdido toda esperanza de reencontrarse con el enlace de la organización.

En esto, Joseba se detuvo. Esperó, gesto de alarma, a su compañero. Que qué pasaba. Aquel tipo, de unos cincuenta años, aunque vete tú a saber. Señaló con un golpe de barbilla hacia el otro lado de la calle.

—¿No te suena?

Asier, suspicaz, barrió con la mirada la acera de enfrente. Un transeúnte caminaba por allí en la misma dirección que ellos. Un tipo ni alto ni bajo, ni fuerte ni débil, calvo y con bigote.

A Asier no le sonaba esa cara. A Joseba, sí y mucho.

—Yo a ese tío lo he visto otras veces. No sé dónde, pero desde luego en esta ciudad.

—¿Estás seguro?

—Es un *txakurra* de paisano. Los huelo a distancia. Su cara me es conocida. El bigote, la ropa. ¿Qué me dices de la ropa? Así no se viste una persona normal. Los pantalones, qué anchos. La chaqueta no le pega ni con cola, también ancha para guardar el hierro.

—A ver si vas a tener razón. El calvorota me empieza a dar mala espina. Y esa manera de andar y esas pisadas de pim-pam, pim-pam, tienen como un aire militar.

—¿No deberíamos pirarnos?

—¿Pirarnos? ¿Ahora que empieza lo bueno? Vamos.

Y se pasaron, decididos, a la otra acera. Siguieron al hombre calvo hasta el cruce y después por la Avenue Maréchal Joffre en dirección a la estación de ferrocarril. Asier también estaba ahora convencido. Aquel tipo los vigilaba. Agente secreto, policía, detective, qué más da. Este se va a enterar. A la altura de un jardín con árboles lo abordaron por la espalda. Ni tiempo le dieron de volverse. Asier lo empujó sin miramientos contra la valla. Los dos a un tiempo le pedían explicaciones. Lo insultaban. El hombre no entendía. O hacía como que. Porque estos tíos son muy profesionales. Dijo algo en francés. Algo incomprensible para Asier y Joseba. El tono era más bien conciliador. Joseba lo cacheaba en busca de la pistola. No había pistola. El hombre olía a perfume. Visiblemente asustado, les entregó la billetera. Este gesto supo mal a Asier.

—¿Pero tú qué te has pensado? No somos ladrones.

Y en un arrebato de coraje le tiró la billetera a la cabeza. El hombre logró desasirse del manoseo de Joseba. Zafándose después de Asier, arrancó a correr. Ellos se lanzaron en su persecución. Pero, mierda, el tipo corría hacia un grupo de gente. Y qué gritos pegaba. Normal que otras personas se volvieran a mirarlo. A mirar al gritón y a sus perseguidores. Asier y Joseba recularon. Vieron la billetera en el suelo. Joseba se agachó a cogerla.

Unas cuantas calles más allá, se pararon junto a la persiana bajada de un garaje. Empezaron a sacar billetes. La madre que me. Más de ochocientos euros.

—Ladrones no somos, ¿eh? Que conste. Pero tenemos que comer. Hoy hasta podríamos cenar caliente.

—Ya era hora.

LOS DESPERTÓ EL alboroto festivo de los pájaros. De pronto, ratatatá, el tractor de Fabien. ¿Adónde leches irá el tuerto a estas horas? Las seis y veinte de la mañana.

Colocados en línea como fichas de una partida de dominó, los ochocientos euros y pico en billetes habían pasado la noche sobre el suelo de la habitación, entre las dos camas. Del botín de la víspera sólo faltaba una cantidad módica. La que los dos compañeros se gastaron en la cena celebratoria regada con cerveza. Y, lujo supremo para ambos, en un paquete de cigarrillos. Una excepción, ¿eh? Una compensación por las privaciones de los últimos tiempos. Pero, ojo, nada de tirar la casa por la ventana. Se lo prometieron anoche, a la salida del bistró, por el camino de vuelta a la granja. Y también se prometieron no caer en la melancolía. ¿Y eso? Llenos los estómagos, complacidos los paladares, se pusieron a recordar por la calle, a oscuras, aquellas cenas y juergas con sus respectivas cuadrillas.

Asier zanjó.

—Basta de recuerdos. Traen penas. Eso perjudica la disciplina. Tú y yo seremos como máquinas. A la porra la psicología. Para nosotros sólo cuenta el presente. Dios, ¡qué bien hemos cenado!

—Muy bien.

Conversaron, al alba, de cama a cama. Hablando y fumando entretenían las bocas. Se ahorraban así el desayuno en espera del café con bizcocho de la granjera a media mañana. Asier teorizó durante un cuarto de hora con la mirada fija en el techo de la habitación. El dinero requisado al enemigo sería para gastos de la lucha armada y sustento de los militantes de la nueva organización.

—¿Qué organización?

—La nuestra, camarada. La que vamos a fundar hoy mismo sin falta. Hoy es un día histórico. No lo sabe nadie. Da igual. Todo el mundo se enterará algún día. Entonces los historiadores escribirán sus chorradas. Entonces los chavalillos nos estudiarán en las *ikastolas*. ¿Cuánto te juegas?

A continuación, se adentró con locuacidad rotunda en trochas teóricas marxistas-leninistas. Divagando al buen tuntún por ellas llegó al bombardeo de Guernica, enseguida al fusilamiento de Txiki y Otaegi y por último a los principios de la Alternativa KAS. Sin retoque ninguno, seguía considerándolos válidos. Tras encender un segundo cigarrillo, juró amor eterno a la tierra de sus mayores. Después ensalzó la fortaleza física del hombre vasco, el versolarismo, la sierra de Aralar, el ratón de Guetaria, a Basajaun y a Txomin Iturbe, todo mezclado en un acalorado pisto patriótico. Joseba le reprochó su olvido del árbol de Guernica. Asier se incorporó en la cama. Ni que le hubieran hundido una aguja en los riñones.

—¿Tú no serás del PNV de puertas para dentro?

—Mi amá y mi aitá, sí. Pero ¿yo? ¿Estás loco?

—Pues me habías asustado.

Poco antes de las siete y media, el cielo azul, el tractor lejos, apenas audible, se levantaron de la cama. Sin acabar de vestirse, convinieron en saltarse ese día los ejercicios físicos matinales. Se les figuraba más importante fundar con la debida solemnidad la organización.

—Necesitamos una ikurriña.

—Como no la pintemos...

—Pues la pintamos, Joseba. En un papel. Donde sea. La bandera de la patria no puede faltar. ¿Tenemos pinturas?

—Sólo un bolígrafo azul.

—Pues entonces no podemos fundar la organización. Lo dejamos para mañana.

—Yo tengo un calendario de bolsillo con una ikurriña. Es pequeña, ¿eh? A lo mejor sirve.

Asier: que se la enseñase. Joseba buscó entre sus cosas. Encontró el calendario, una tarjeta de propaganda de un bar de su pueblo. En la ilustración, un paisaje campestre. Hierba, un casero con una yunta de bueyes, una línea de montes azulados a lo lejos y, en el cielo, en lugar del sol, una ikurriña sobre las letras doradas del establecimiento publicitado: BAR ITURRI.

—Sin una lupa va a ser difícil verla.

—¿Tienes tú una mejor? Tú, tan patriota, ¿vas por la vida sin una ikurriña?

—Bueno, vale. Mejor una ikurriña pequeñita que nada. ¿No podríamos recortarla con unas tijeras?

—Y me jodes el calendario.

—¿Qué importa? Es de hace tres años.

—A mí sí me importa. Además, el paisaje del calendario es el de nuestra tierra. Bandera y paisaje, una combinación ideal.

—No había pensado en eso. Eres un genio.

Y se pusieron de acuerdo en usar para el acto de fundación la ikurriña del calendario de bolsillo.

LES PARECÍA CUTRE, chapucero, de poca categoría, fundar la organización en aquel habitáculo. El sitio era todo lo contrario de adecuado. Platos y cubiertos sucios en el fregadero, ropa puesta a secar, el cubo de la basura a la vista. Joseba:

—Mi amá seguro que llamaría a esto pocilga.

—La mía tiraría cohetes. Con tal de que a su hijo le vaya mal...

Según Asier, un acto de tanta relevancia requiere un templo.

—No un templo en el sentido de un templo. Entiéndeme. Un sitio como Dios manda. Un escenario que esté a la altura del acontecimiento. ¿Me explico?

Sí, pero a las nueve y media, lo más tarde a las diez, bajarían como todos los días a echar una mano a los granjeros. Conque muy lejos no podían ir. Y cerca de las gallinas, la verdad, tampoco les apetecía oficiar la ceremonia de su ingreso en la lucha armada.

—¿Te imaginas? Ya estoy viendo a algún historiador con malas pulgas. Uno de esos españolistas que siempre nos están buscando las vueltas a los de la izquierda *abertzale*. Fundaron la organización ante quince mil gallinas. Joseba, piensa algo. ¿Adónde podríamos ir?

—A la huerta.

—¿Qué se nos ha perdido ahí?

—Hay sombra. Nadie nos ve.

—Fundaron la organización entre puerros y lechugas. Uno de ellos se subió a un ciruelo. Vamos, no me jodas.

—Entonces al río.

Joseba lo dijo de broma. A Asier, sin embargo, le pareció una idea estupenda. Con ojos grandes de entusiasmo:

—Un paraje natural. Justo lo que necesitamos. En marcha, *gudari*. No olvides el calendario del Iturri. ¿De verdad que no podemos recortar la ikurriña?

—Que no, hostia.

En el fondo de la barca se habían acumulado tres dedos de agua vieja. ¿Para qué querían los granjeros una barca? ¿Para criar mosquitos? Por lo visto no la usaban nunca. Quizá en días de desbordamiento del cauce, cuando se les inundaba el patio. Habría que preguntárselo.

84

Así hablando, los dos compañeros dieron vuelta a la barca. Un líquido negruzco se derramó por el suelo arenoso. Al echar la barca al agua, Joseba metió sin querer un pie en el río. Sus palabrotas se debieron de oír hasta en la orilla de enfrente. Asier, ya sentado en el banco, remo en mano, lo amonestó.

—Cosas peores pasan en la lucha. ¿Te vienes abajo por una chorrada? ¿Y para qué gritas? ¿Para que se entere toda Francia?

—Me sale de los cojones gritar.

Joseba, cejas enfadadas, tomó asiento junto a su compañero. Antes de empuñar el remo, se quitó el zapato y el calcetín mojados. El calcetín lo retorció rabiosamente. Después golpeó con él varias veces contra el borde de la barca. Mascullaba juramentos. Asier, ocupado en las tareas de navegación, prefirió callar. En silencio, sin coordinarse, remaron hacia el centro de la corriente. El río fluía perezoso, turbio.

—El calendario.

—Aquí tienes.

Lo colocaron con la ikurriña hacia arriba en medio de los dos, sobre el banco. Problema: no lo veían. Entonces Asier se lo puso con cuidado sobre un muslo. Acto seguido tomó la palabra. La mañana era agradable. Soplaba una brisa tibia. Saltó un pez. El río empujaba la barca suavemente. Casi no se notaba el movimiento.

Asier enumeró objetivos y métodos. Los mismos

de ETA. Ensalzó la lealtad, la valentía y la astucia. Por ese orden. Pero vio a Joseba todavía de morros, como ausente, un pie descalzo, el calcetín y el zapato puestos a secar en la plataforma de proa. Conque decidió interrumpir su discurso. Tras una breve mirada a su compañero, hundió, plof, un pie en el río. Lo sacó chorreante después de varios segundos.

—¿Contento ahora o meto el otro?

—Con uno basta.

—Pues me alegro de tu mojadura. Así, con la mía, te he podido mostrar solidaridad. Bien, vamos ahora con lo importante. Siguiente asunto: el nombre del *talde*. *Talde*, comando, organización, qué más da. Llevo varios días pensándolo. ¿Te importa que nos pongamos el nombre de mi pueblo?

—¿Y por qué no el del mío?

—Me hace ilusión.

—A mí también.

—¿Una idea?

—El nombre de algo que haya justo en medio de los dos pueblos.

—Así, a bote pronto, me acuerdo de la chatarrería de los hermanos Uranga. Eso es ponérselo fácil a los cronistas chistosos.

—Detrás de la chatarrería, en el monte, hay un caserío, más o menos en la muga de los dos pueblos.

—Claro, el de Martintxo, al que nosotros llamamos Eroa. ¿Vosotros también?

—Lo mismo, aunque el loco era su padre. Él sólo heredó el mote.

—Pues maravilloso. El comando Eroa. Hasta los muertos del cementerio se reirán de nosotros. O tú o yo, uno de los dos tendrá que ceder.

—También podemos decidirlo a cara o cruz.

—Esto no es un juego, Joseba. Por mí dejamos lo del nombre. Igual se nos ocurre uno más adelante. O yo llamo al comando de una manera y tú de otra. A la hora de reivindicar las *ekintzas* será un problema.

Terminada la breve ceremonia, agarraron de nuevo los remos. Apenas se habían alejado cien metros de la granja. Sin dificultad remontaron el corto trayecto. Remaban en silencio, los dos descalzos de un pie. Los envolvía la paz azul de la mañana. Las palas se hundían en el agua con un leve chapoteo. El sol formaba visos en la superficie. Y de pronto Joseba dio un respingo en el banco. Le acababa de venir una idea.

—¿Por qué no adoptamos el nombre de este río? El *talde* lo hemos fundado aquí, no en mi pueblo ni en el tuyo. Tendría sentido cogerle prestado el nombre. Sería como un homenaje al lugar.

—Comando Tarn. —Asier lo repitió varias veces en voz baja—. Un poco jodido de pronunciar, pero vale.

Entrechocaron la palma de la mano en señal de acuerdo.

Los preparativos de la lucha

LA VENTANA CON vistas al río Tarn era ancha. Más ancha que la que daba al patio. También más discreta. Allí, asomados como ahora, no los podía ver nadie. Preferían el paisaje fluvial. Ni punto de comparación. Un perro sucio; un suelo hoy polvoriento, mañana embarrado; dos granjeros masticantes de pan, fiambres y queso al aire libre en los atardeceres con buen tiempo, amoratados de vino peleón, mal avenidos y él, cantarín desafinado. Y por la otra parte, el agua tranquila, los rojos y amarillos del ocaso sobre la línea de árboles de la orilla de enfrente, aves y murciélagos.

Asier y Joseba estaban acodados en la ventana. ¿Qué hacían? Hablar. Acababan de volver de Albi. Once de la noche: miraban la oscuridad. Fumaban el último cigarrillo de la jornada.

—Si por lo menos *tendríamos* un televisor. No sabemos nada del mundo.

—Tampoco el mundo sabe nada de nosotros.

A veces se oye el salto de un pez en la forma de un repentino, corto, chapoteo. ¿Dónde? Cerca, ahí por donde está la barca.

Y Asier preguntó:

—¿Tú has besado alguna vez a Karmele en la boca?

—Pues claro.

—Juntando las lenguas, digo.

—¿Cómo, si no?

—¿Y las bacterias? ¿No habéis pensado en las bacterias? Podéis coger cualquier enfermedad.

—En el momento de besar no piensas eso. Nunca me ha pasado nada malo. Ya ves.

—Bueno, bueno. Hay tiempos de incubación. Pueden durar un año o más.

Tan mal, tan mal no se estaba en la granja. Lo peor, el aburrimiento y que te aplatanas. Asier y Joseba soñaban con el día, la hora, el minuto de ponerse en marcha rumbo a la lucha. Lo primero, prudencia. Aún esperaban, melancólicos, filosofantes. Las temperaturas no terminaban de subir. Llovía cada dos por tres. Así no es plan. No tenían, además, prisa. Esto va para largo. Al Estado no lo pones de rodillas en una hora. Para el objetivo final hacen falta dos, tres generaciones. Y luego estaba el asunto peliagudo del dinero. Hasta para tumbar el capitalismo hace falta capital. ¿Qué tal si daban otro golpe? Asier se enredaba en ovillos morales. Ellos no eran delincuentes, sino soldados de una causa noble. ¿Y si atracar contribuye al éxito de la causa? Bueno, ya verían. Se pasaban horas fijando criterios, planeando, discutiendo.

—Tú y Karmele, ¿cómo os liasteis? ¿Te habló ella primero? Porque tú eres un poco corto, ¿no?

—Te lo cuento con una condición.

—¿Cuál?

—Que no te cachondees.

—¿Por quién me tomas? Somos compañeros. Nos vamos a jugar la vida juntos. La confianza entre tú y yo tiene que ser total. Nada de secretos. Yo te cuento lo mío. Tú me cuentas lo tuyo. Aquí nadie se cachondea.

Había un punto de luz al otro lado del río. Una ventana solitaria en la oscuridad. Los murciélagos seguro que seguían yendo y viniendo sobre las aguas calladas. Se veían bastantes al atardecer. Ahora se los había tragado la noche.

—Pues Karmele iba *detrás mío*. Yo no me daba cuenta. Ella había sido novia de Koldo. Lo habían dejado. Yo no lo sabía. ¿Conoces a Koldo?

—Sí. El hijo de su madre y de su padre.

—El que da clases de yudo a los alevines.

—Lo que tú digas. Hala, sigue.

—Salía yo del taller por las tardes. Ahí estaba ella, en la acera de enfrente. Al principio no me llamó la atención. Mi pueblo no es Nueva York. Te encuentras con las mismas caras a todas horas. También veía a Karmele en los entrenamientos, siempre sola. Cuando llovía, con el paraguas, quieta allí, mirando. ¿Le gustará el fútbol? ¿Saldrá con alguno del equipo? Yo no le daba importancia. Aparte de que entonces no me parecía muy atractiva.

—Has dado en el clavo. Las he visto más guapas y también más delgadas.

—Pues a mí me gusta así. Y aunque grande, baila como un ángel.

—Te saca un palmo de estatura.

—¿La has visto bailar? ¡Menuda marcha tiene! Es incansable. Y carácter tampoco le falta.

—Querrás decir mala leche. Son unas mandonas. Todas.

—Me piré contigo a Francia sin decírselo. De lo contrario, no me deja. Me sacude con un cucharón en la cabeza. Luego no se lo he podido explicar. Eso me pesa.

—Ya habrá tiempo. Ahora estás sujeto a la disciplina.

Y consumidos los cigarrillos, arrojadas las colillas por la ventana, Joseba terminó de contar su historia. Pues nada, que tantos encuentros por la calle y en los bares no podían ser casuales. También se fijó en otra cosa. ¿En cuál? En que Karmele empezaba a poner mal gesto. Al principio lo miraba sonriente. Luego, cada vez más seria. Al final, como si *estaría* cabreada. Este detalle despistó a Joseba. Con esa cara, ¿cómo iba a haber amor por medio? A ella se le estaba acabando la paciencia. Conque una noche, ya tarde, lo esperó en el portal.

—Pensé lo peor.

—¿Qué?

—Que me pegaba. Tenías que verle los ojos. Dos sopletes con la llama al máximo.

Karmele le echó en cara su comportamiento. Que si era tonto o bobo. Que si no se daba cuenta. ¿Cuenta de qué? Pues de que iba *detrás suyo*. Que la besase allí mismo. Si no, a gritos iba a sacar a los vecinos de la cama. Que a ella no la rechazaba ni Dios.

—¿Y tú qué hiciste?

—¿Qué iba a hacer? Besarla.

—¿En la boca?

—En todas las bacterias.

—Pero ¿te gustaba Karmele?

—En ese momento, en el portal, nada. Hasta me daba miedo. Pero con los días me fui acostumbrando. Le cogí cariño. Además, yo no había salido nunca en serio con una chica.

—Y la dejaste preñada a la primera.

—A la tercera o cuarta. Ella quiso.

—¿Seguro que el hijo es tuyo?

—¿De quién, si no?

—Yo qué sé. Del yudoca.

—Nada más verlo lo sabré. Con sólo mirarle la nariz.

—Eso es verdad. Una zanahoria como la tuya sólo se la puedes dar tú.

Cerraron la ventana. Se fueron a acostar. Entonces, sin porqué ni cómo, a Joseba se le ocurrió dirigir una mirada al patio.

LA LUZ APAGADA. Gastos de habitación, los mínimos, para no mosquear a los granjeros. Asier buscó a tientas su pijama debajo de la almohada. Él era de pijama, no de camiseta y calzoncillo llevados todo el día y ayer y anteayer como el guarro de Joseba. Cada mañana dejaba la cama hecha, con la colcha perfectamente estirada. Y obligaba a Joseba, más descuidado, a hacer la suya. La disciplina, decía. La disciplina, repetía.

Joseba tendía a la dejadez. Su argumento: nadie se entera. No venía adiestrado desde la infancia como su compañero. Asier le replicaba:

—Me entero yo.

Este, a continuación, dramatizaba. Si uno monta un petardo. Si le da igual el cable rojo o el verde. Si no se acostumbra a la máxima concentración. Resultado: un día, cataplún en los morros y adiós muy buenas.

A las once y pico de la noche, Joseba se asomó

a la ventana. Sin motivo. O por no recibir de frente el rapapolvo de Asier. Manda narices. Se pasa el día poniendo a caldo a su madre. Luego habla como ella. Un mandón de cuidado. En esas situaciones, Joseba rehúye el contacto visual. Eso hizo: volver la cabeza hacia la otra parte. Entonces dirigió la mirada al patio. Sin motivo. Sólo porque el patio estaba allí.

—¡El tuerto!

—¿Qué pasa con el tuerto?

—Algo está haciendo.

—Estará con sus gallinas. Métete en la cama. Mañana tenemos entrenamiento muy temprano.

—El tuerto se quiere colgar del árbol. Te lo juro.

Asier terminó de ponerse el pijama. Después se acercó a la ventana. Allí abajo estaba Fabien con su árbol, su escalera de mano y su cuerda.

—Habrá discutido con la mujer.

La silueta ajetreada del granjero se recortaba sobre la luz proveniente del zaguán. También la nave de las gallinas contribuía a alumbrar la escena con un poco de luz. La tenue y violácea que salía por los vidrios mugrientos de los ventanos, alineados por encima del portón. *Mao* callaba, borrado en la oscuridad.

Joseba:

—Hay que parar a ese loco.

—Hace frío. Estoy en pijama.

—Pues voy yo.

—Esto no va con nosotros.

Subido a la escalera de mano, vieja, con manchas de pintura, Fabien había logrado pasar, tras varios intentos fallidos, un cabo de la cuerda por encima de una rama gruesa del nogal. Y ahora, tambaleándose, tenía ostensible dificultad para hacer el nudo.

Joseba susurró en la oscuridad de la habitación:

—Tenemos que parar al comunista. Algo me lo dice. Estamos aquí gracias a él. Como se mate, malo.

—Bah, de todos modos nos vamos a pirar.

—Sí, con estas bajas temperaturas. Vendrán los gendarmes. Harán preguntas. Tendremos que escondernos. Asier, a mí esto no me gusta. Hay que pararle. Además, no me fío de ella. Políticamente no me fío. A esa le tiran otras cosas.

—Concho, no lo había pensado. Vamos.

—¿En pijama?

—Qué más da.

Corrieron. Sus pasos, plon, plon, plon, retumbaron en los peldaños de madera. Atravesaron el almacén a oscuras. La noche los recibió con un golpe de frío. Asier, descalzo, andaba como pisando brasas. No había encontrado los zapatos en la oscuridad. Y las piedrillas del patio se le clavaban en la planta de los pies. Joseba llegó antes. Fabien, subido a la escalera, aún no se había arrollado la cuerda al cuello. Dos, tres minutos más y adiós. Al sentirse interrumpido, farfulló palabras, quejas, juramentos en su lengua. Y ya el olor proclamaba su mucho vino interior.

Joseba le disputaba la cuerda desde abajo. Oponía tacos susurrados indistintamente en castellano y euskera a los tacos del granjero susurrados en francés. Fabien logró darle una vuelta a la cuerda alrededor de su cuello. Pero sin nudo, ¿qué pretendes? Entretanto, llegó Asier. Asier no estaba con ánimo de jugar a la *sokatira*. Descalzo, empijamado, esto hay que acabarlo ya. De un recio empujón tumbó al granjero y la escalera. Fabien cayó de espaldas.

Asier, a su compañero:

—Esconde la cuerda. Me estoy helando.

—Habría que ponerlo de pie.

—Que le den por culo. Tira para la cama.

Guillemette salió de la casa en paños menores, dando voces. *Mao,* contagiado de la excitación de su dueña, se arrancó a ladrar atado a la argolla. La granjera venía despotricando en su idioma. Despeinada, las piernas al aire, haciendo eses. A Asier y Joseba ni siquiera los miró. Se plantó delante del marido derribado. Luego de una furiosa parrafada, comenzó a arrearle manotazos. En la cara, en la cabeza, donde pillaba. Y el granjero, indefenso, torpe, intentaba levantarse. Una y otra vez sonaba el chasquido de la carne maltratada. Finalmente, ella lo agarró del pelo. A tirones fue enderezando a su enorme y tambaleante marido. Y siguió, plis, plas, dándole tortazos por el trayecto hacia la casa. Asier y Joseba emprendieron el camino de vuelta a la habitación. En el almacén, Joseba arrojó la cuerda a un rincón oscuro. Él y Asier se acostaron sin pérdida de tiempo. Al maldito perro le costó lo menos media hora calmarse.

ALLÁ. ¿DÓNDE? EN una parcela de hierba contigua al río. Joseba divisó una presencia anómala. Una cigüeña que rastreaba el suelo en busca de alimento, anunciando de paso la cercana primavera. A la vista del ave, Asier sintió de pronto impulsos de impartir una lección teórica.

Era por la mañana temprano. Los dos integrantes del comando Tarn buscaron un lugar a propósito, apartado del camino. Tomaron asiento a resguardo de una tapia, la espalda recostada contra las piedras. Hubo reparto de cigarrillos, los primeros del día. Ahorrativos por necesidad, no volverían a fumar hasta después del almuerzo. Los fondos menguaban.

Según Joseba, allí se estaba la mar de bien. Asier no confirmó el parecer de su compañero. Tampoco lo rebatió. Quizá no había prestado atención. Humo y palabras salieron a un tiempo de su boca. Dijo:

—He estado pensando. Bueno, no paro de pensar. Nos jugamos mucho en este envite. Igual logramos algo. Igual hacemos el indio, pero no por falta de objetivos ni de ganas. Necesitamos experiencia.

100

—Alguna ya tenemos.

—Nada de ingenuidades, ¿eh? Aprenderemos a base de práctica. También los de ETA tuvieron que aprender.

—Sí, pero tenían armas. Nosotros, escobas. En estas condiciones no podemos actuar.

—Chorradas. Ya estamos actuando. Esta conversación es una acción. ¿No te das cuenta o qué? Me preocuparía verte inseguro. En serio. Tengo que confiar en ti a ciegas y tú también en mí. Por eso lo importante es crear cuanto antes una estructura. Nada de improvisaciones ni de no saber para dónde tirar. Aquí no duda ni Dios. Que no nos venga nadie con rollos morales. ¿Hay que dar un golpe? Se da. ¿Que cae un transeúnte? Mala folla. ¿Estás de acuerdo conmigo? Si no, para qué seguir.

—¿Por qué preguntas? Ahora tú eres el inseguro.

—No, pero como callas...

—No vamos a hablar los dos a la vez. Además, me huelo tu intención.

—¿Cuál?

—El otro día también hablaste de la estructura. Tú quieres ser el jefe de la organización. Esa es tu estructura. Tú mandas. Yo obedezco. Qué bonito, ¿no?

—Pero esto no es nada personal. Yo no mando por mandar, sino por necesidad histórica. Me siento mejor preparado para el combate que tú. Eso es todo.

Lo sabes de sobra. Tú eres bueno para la teoría. Los comunicados a la prensa, por ejemplo, te los dejo a ti. Ahí no me meto. Ahí mandas tú. Te quedan parcelas de decisión. Recuerda a ETA. Estaba el responsable de esto, el responsable de lo otro. Aquí sólo estamos tú y yo. ¿Qué problema hay? Somos a un tiempo la dirección y la militancia. Con un poco de orden y jerarquía esto lo sacamos adelante. Luego ya se irán sumando más manos. Tú eres la serpiente, yo el hacha. Juntamos astucia y fuerza, y a por la victoria. Recuerda la consigna: *Jo ta ke irabazi arte,* Dale duro hasta vencer. Lo hemos coreado mogollón de veces en la calle y en conciertos. No veo el problema por ningún lado.

¿La cigüeña? Seguramente se habría largado. Allá, en la hierba, ya no estaba. Asier se puso de pie. Arrojó el cigarrillo contra la tapia, apurado hasta la última hebra de tabaco. Ante su compañero, fumador más lento, también más disfrutador, ensalzó la obediencia honrosa del soldado. Y terminó diciendo con las piernas virilmente separadas:

—¿Lo has comprendido? Somos militares. Igual no te lo parece. Pues bien, lo somos de la cabeza a los pies. *Gudaris* de una guerra sin las batallas a campo abierto de otras épocas. ¿Por qué? Pues porque el enemigo tiene ejército y nosotros, no. Nosotros nos tenemos a nosotros mismos. Dos contra miles. Actuamos como guerrilleros. No nos queda otra. La razón está de nuestra parte. Sin la menor duda, nuestra guerra es justa. La del Estado, represiva. Y le vamos a dar caña por un tubo. Me río de los periodistas y los intelectuales. Que escriban sus españoladas. Otra gente de pluma, la nuestra, nos defenderá. Y no olvides una cosa. La liberación de la patria vasca es un acto de justicia mayor. Se dice así, ¿verdad?

—Justicia suprema.

—Conclusión: no podemos ser injustos. Imposible. Aunque quisiéramos. Aunque caigan niños. Que entre nosotros haya orden y buena química. Aquí no va a entrar cualquiera. Luego vienen topos y gente sin fundamento. Mira, si no, a ETA. ¡Qué final de mierda después de tantos años de lucha! Un día, cumplida la misión, volveremos al pueblo. Yo al mío, tú al tuyo. Coges a tu hijo en brazos. O a tu hija, qué más da. Le das un beso; después, un regalo. Toma. Te traigo la independencia de Euskal Herria. ¿Qué me dices?

—Por ahí me tienes cogido. Lo sabes.

PLANEARON MANGARLE UN periódico al quiosquero. Ojalá tuviera algo de prensa en castellano. El quiosquero los miró mal. Desde el principio, desde que los vio venir. ¿Les olió las intenciones? No les quitaba el ojo de encima. Después de unos segundos, les dirigió la palabra. Joseba hizo un gesto conciliador. Una forma de decir que él y su compañero sólo estaban mirando. Se alejaron del quiosco, las manos en los bolsillos, con calma de paseantes para no levantar sospechas.

Joseba se mostraba partidario de comprar un periódico. Uno cualquiera, no importaba cuál. Asier se oponía.

—Vamos a necesitar hasta el último céntimo.

—Nos quedan cuatrocientos y pico euros.

—¿Y qué es eso? Nada. Hay que guardarlos para manutención y gastos de la lucha armada.

—¿Informarse no es parte de la lucha o qué? No tenemos noticias desde hace un montón de semanas. ¿Y si ha pasado algo gordo en todo este tiempo? Nosotros, sin enterarnos.

A veces miraban la televisión en un bar. Pero, total, patatas, porque no entendían ni media palabra. Intentaban descifrar las noticias a partir de las imágenes. Gracias al mapa y los dibujitos, la previsión del tiempo era para ellos lo menos incomprensible. El resto les sonaba a ruidos bucales sin sentido.

—¿Qué dice?

—Ni idea.

En una cafetería vieron tres periódicos distintos colgados del gancho correspondiente, en la pared frontera del mostrador. Los vio Joseba. Había entrado a mear. Gran tentación, pero problemas. Para llevárselos con disimulo por debajo del jersey: que los periódicos estaban sujetos a sendas barras de madera. Para ojearlos allí: que tendrían que tomar alguna consumición. Y conformarse con un vistazo a las portadas les sabía a poco.

Joseba objetó:

—Es mucho más barato comprar el periódico en el quiosco. Aquí, con los cafés, la lectura nos iba a salir cinco veces más cara.

—A este paso acabaremos siendo de derechas.

—No te entiendo.

—Hoy no me sale de los huevos pagar por un periódico. Igual mañana, pero hoy, ni *pa* Dios. Así no se cambia la sociedad. No podemos pasar por caja como cualquier hijo de vecino. Buenas, venía por lo de la revolución. ¿Por cuánto me sale? ¿A qué hora me dejan accionar el explosivo? Primero póngase a la cola. ¿Te das cuenta, Joseba? El enemigo ha hecho las normas. Hay que respetarlas. Cojonudo. Entonces, ¿cómo logramos nuestros objetivos? Imposible, nos dicen. Son ilegales. Claro, ilegales por culpa de vuestras leyes. Según las nuestras, sí son legales. Y lo mismo ocurre con el periódico. Vamos a conseguir uno gratis. Ahora ya por pelotas, fíjate.

Tras no corta búsqueda, encontraron un ejemplar de *La Dépêche* en una papelera de la estación. Tenía las hojas sueltas, con manchas de grasa. Estaba donde la basura normal, mezclado con otros desperdicios, y no en el saco de plástico para los residuos de papel. Sentados en un banco, dentro del recinto, a resguardo del viento, juntaron las páginas. El uno agarraba de una esquina; el otro, de la otra. A Asier le vino un recuerdo familiar.

—Más o menos así doblábamos mi madre y yo las sábanas planchadas. También mis hermanos con ella, según el que *estaría* cerca. Mi madre siempre ha sido una sargenta. Eh, tú, ven para acá. Así lo hacía todo.

Repararon en un detalle. El periódico tenía fecha de la víspera. Bah, qué más daba. El caso era ponerse al día en noticias descifrando los titulares o con ayuda de las fotos. De noticias, claro está, relevantes para la lucha armada. La información bursátil, por ejemplo, se la pasarían por el forro. O los accidentes de tráfico en la zona o los programas de televisión.

—Busca la política.

¿Qué averiguaron? Poca cosa. El periódico era delgado. Quizá le faltaban hojas. Joseba detuvo la mirada en las páginas deportivas.

—Vienen los resultados de la liga española. La Real volvió a perder.

—¿Dónde pone eso?

—Aquí. Cuatro a uno contra el Granada. Son unos mantas.

—¿Cómo te pueden interesar semejantes bobadas? El fútbol es el opio del pueblo. Lo que antes era la religión.

—Joder, que de chaval, con menos barriga, jugué en un equipo. Y de opio, nada.

A Asier le pudo la impaciencia. No comprendían ni jota del periódico. ¿Entiendes esta frase? ¿Entiendes esta otra? Así todo el rato. Conque hizo una bola rabiosa con las hojas rasgadas, retorcidas, estrujadas. Las tiró debajo del banco.

—Vámonos. No hemos venido aquí a hablar de la Real.

Salieron de la estación. Asier, gesticulante, fruncido el entrecejo.

—Una de dos. ¿Nos interesa lo nuestro? ¿Nos interesan los asuntos mundanos? Hay que elegir. Todo a la vez no se puede. O el trabajo o la diversión. Yo ya he elegido.

—Venga, Asier. Los soldados también descansan.

—Vale, pero primero habrá que cumplir la misión, ¿no?

—Deberíamos llevarnos bien. Tú mismo lo has dicho muchas veces.

—Provocas, Joseba. ¿No te das cuenta? Te gusta demasiado la vida.

—¿Qué tiene eso de malo?

—Pues que provocas.

APAGADA LA LÁMPARA, Asier esperó un rato acostado en la cama. Diez, quince minutos, hasta que a Joseba lo empezase a vencer el sueño. Solía notárselo por la respiración. Esta vez se lo confirmaron unos amagos de ronquido. Esperó un poco más. Se levantó. En la oscuridad buscó a tientas la revista debajo del colchón. Después, sigiloso, se la llevó al váter. Un cubículo, un rincón encajonado. Eso era el váter. Un espacio en el que justo cabía el inodoro y poco más. Sentado, uno rozaba con las rodillas la puerta de madera despintada. Había que tener cuidado con el portarrollos para el papel higiénico. Tenía una cubierta móvil, como de hojalata. Te podías cortar. ¿Y el lavabo? No había. El lavabo era el fregadero de la habitación. Y había ducha, sí, con mampara, pero en el almacén. En invierno eso era un pedazo de Siberia.

Asier corrió el pestillo por dentro de la puerta. Lo corrió poco a poco para evitar el chirrido de costumbre. Oscuridad absoluta. Daba igual tener los ojos abiertos o cerrados. Asier se bajó el pantalón de pijama hasta los tobillos. Sin ver de aquí ahí, a tientas, tomó asiento en el inodoro. A continuación encendió la luz. La bombilla, colocada sobre el dintel, daba una luz desvaída, apenas suficiente para distinguir las fotografías de la revista. Abierta por su página favorita, la sostenía con una mano a la altura de sus ojos. Con la otra se masturbó.

Serían como las doce y media de la noche. El agua de la cisterna corrió con brusco estrépito. Ahora ya no importaba el ruido. También Joseba se levantaba algunas veces a las tantas a hacer sus necesidades. Lo mismo tiraba de la cadena a las tres o las cuatro de la mañana. Era un ruido familiar, reconocible en sueños. No molestaba. Bueno, un poco, pero era preferible el ruido al olor.

Asier salió a oscuras del váter. A diferencia de un rato antes, ahora entraba algo de luz por la ventana, procedente de la casa de los granjeros. Por eso se asomó. Vio encendida la lámpara del zaguán. En esta ocasión, Fabien no traía la escalera, sino una silla. Una de esas sillas con reposabrazos que en las tardes de buen tiempo él y su mujer sacaban de la casa para cenar e hincharse de vino al aire libre. La cuerda le colgaba al tuerto de un hombro, arrollada en varias vueltas. Se deshizo de la carga debajo del nogal. No llevaba una cuerda, sino dos. Después se fue a soltar al perro. Él sabrá por qué. Esta vez yo no bajo. Y *Mao* siguió al granjero mansamente hasta el árbol.

Fabien no se tambaleaba. ¿Sobrio? Eso parece. Sobrio, ágil, resolutivo, como cuando mete las mercancías en la furgoneta para ir a venderlas al mercado. Este tío va en serio. Subido a la silla, logró pasar las dos cuerdas por encima de la rama. A la primera, sin el menor problema.

Allí junto, sentado sobre sus cuartos traseros, estaba *Mao*. El perro miraba tan tranquilo a su dueño. De vez en cuando se rascaba el costado del vientre. Qué

109

feo era el pobre. Siempre cubierto de mugre. Y seguramente tenía pulgas. Guillemette lo solía rociar con un insecticida. Ahora bien, para pulgas y piojos los de las gallinas. Y eso que los granjeros metían la manguera cada dos por tres. Encalaban las paredes. Echaban un medicamento en los bebederos. Y también mandaban a Asier y Joseba esparcir ceniza por el suelo.

Mao entraba de vez en cuando en la nave. Seguro que se contagiaba de parásitos. Pero igual lo de rascarse era por otra causa. Un problema del ano. O de las tripas. Joseba tenía algo de idea al respecto. Asier, nada. Una tarde del verano pasado, además de rascarse, *Mao* arrastraba el culo por el suelo. Asier y Joseba acababan de volver de su paseo por Albi. Saludaron al llegar. Guillemette los invitó a la mesa. Les ofreció un cacho de queso a cada uno. Y allí estaba *Mao*, a la entrada del zaguán, arrastrando el culo por el suelo. Fabien lo agarró. Le levantó el rabo. Allí mismo le apretó el ano con dos dedos. Asier se apresuró a tragar el queso a medio masticar. Por el ano del perro salió disparada una pasta oscura. Joseba sabía. Él, ni idea. Hasta al guarro del tuerto le olía mal aquella especie de pus. Echó la cara a un lado. Asier, entretanto, se guardó el resto del queso para más tarde. Y el tuerto se sentó de nuevo a la mesa. ¿Se lavó las manos? Qué va. Agarró su vaso y hala, todo el vino para dentro.

Joseba, en la habitación, más tarde, empezó con explicaciones a estilo de veterinario. Su compañero no

110

quería escuchar. Pero ahora, asomado a la ventana, se acordaba del culo de *Mao* y de aquella secreción repugnante. El recuerdo lo distrajo. Por eso no vio al tuerto alzar al perro. Fabien ató la cuerda al tronco del nogal. Antes había atado la otra. *Mao* aún pataleaba en el aire. No mucho. Enseguida paró. Asier lo tuvo claro. Ahora se colgará él. Lo vio subirse de nuevo a la silla. Lo vio atarse la cuerda al cuello y saltar. A esas horas normalmente había muchas estrellas. Esta vez, noche despejada, brillaban pocas en el cielo negro. Quizá se debía a la luz de la luna llena. Quizá a la suciedad del cristal.

ESTE TÍO DEBE de estar enfermo. Las ocho y veinte y todavía en la cama, cerrado de ojos, entreabierto de boca. ¿Qué le pasará? Con lo madrugador que es. Y luego enseguida mete prisa. Que si la disciplina, su palabra favorita; que si la importancia del ejercicio físico y tal y cual.

Joseba tenía costras de psoriasis en diversas partes del cuerpo. Herencia genética por parte de padre. Se arrancó con la uña unas cuantas escamas de la rodilla. No quitaba ojo a la cara de Asier. ¿Respira? Pues sí. Muerto no está. Las ocho y veinte y todavía dormido. Vaya fundamento de jefe.

Joseba, en camiseta y calzoncillo, fue al váter a vaciarse de vejiga. No cerró la puerta. Que se oiga el chorro en toda Francia. Tiró de la cadena. Bueno, pues con tanto ruido Asier no se despertó. Así que Joseba le dio un meneo.

—Ya teníamos que estar corriendo por el campo.

—He dormido mal. ¿Qué tiempo hace ahí fuera? ¿Has mirado? Mira.

—¿Es una orden?

—Que mires, concho.

Joseba, obediente, se acercó a la ventana. ¿A cuál de ellas? A la que daba al río. Constató aburrido: lluvia. Y añadió:

—No tiene pinta de parar.

—¿Por qué no miras por la otra ventana?

—¿Qué más da? Lo mismo llueve en un lado que en otro.

—Tú mira.

Había una tabla crujiente en el tillado, hacia el centro de la habitación. Al pisarla hacía crac. Otras veces ñic. Según quién y cómo pisara. El resto del suelo era más bien silencioso. Y Asier, con los ojos cerrados, la cabeza hundida en la almohada, imaginó a su compañero recorriendo la habitación de ventana a ventana. Ahora, de la sorpresa, soltará una palabrota. La soltó, sí, pero no una. Una ristra. Y por último:

—¡El tuerto!

—Oye, ¿por qué armas tanto escándalo?

—Se ha colgado del árbol.

—¿Otra vez?

—Pues hoy lo ha conseguido.

—¿Y el perro?

—No lo veo. Con esta lluvia, se habrá escondido en la caseta.

—¿Estás seguro?

—¡Qué me importa a mí el perro!

Asier saltó de la cama. Qué agilidad, cuánto interés y alarma de repente. Empujó a Joseba hacia un lado. Se adueñó de la ventana. Toda la ventana para él y todo el patio para sus ojos ansiosos, avizores. El árbol, ahí, con sus primeras hojas. Asier vio al ahorcado expuesto a la lluvia, torcido de cabeza, serio. ¿Y el perro? ¿Dónde puñetas estaba *Mao*? La silla se veía tirada en el suelo, en la misma posición que anoche. De la mujer, ni rastro. Debió de salir a descolgar al perro de madrugada. Al marido que lo zurzan. A Asier no se le ocurría otra posibilidad.

Se volvió hacia su compañero.

—¿Sabes qué? Nosotros a lo nuestro. ¿Que se ha ahorcado? Allá él. Vístete. Vamos a hacer lo de costumbre.

—Esto no me gusta. Los gendarmes llegarán de un momento a otro.

—¿Nos piramos para todo el día a la ciudad?

—Cualquier cosa menos estar aquí. Que no nos vean. No quiero interrogatorios.

Salieron al poco rato por la puerta trasera del almacén. Se alejaron primero por la orilla del río, dando a continuación un rodeo a través del campo hasta salir a la carretera con los zapatos embarrados. Maldito tiempo: ayer sol, hoy agua. Llevaban las capuchas subidas. Caía una lluvia de gotas finas. Por suerte, no soplaba ni una mota de viento. Cada cual mordía con apetito crujiente su manzana del desayuno. A todo esto, Asier:

—Lo mala que puede ser una mujer. Tan mala como para que un hombre se acabe atando una cuerda al cuello.

—No juzgues sin conocer la historia.

—Bah. La otra vez le sacudió una tanda de manotazos. Esa es mala. Mucho cuidado con ella, no nos vaya a buscar la ruina.

—¿Le tienes miedo a una mujer?

—Pues claro. ¡Menudas son!

Se cruzaron, antes de entrar en Albi, con un coche de la Gendarmería. Al poco rato con otro. Estos seguro que van a la granja. Guillemette los habrá llamado.

—¿Por qué me has hecho mirar al patio?

—Para saber el tiempo.

—Y de paso averiguar si el tuerto seguía allí, ¿verdad?

—Puede.

—¿Y por qué no me avisaste?

—Estabas dormido.

—Podías haberme despertado.

—Quería ver tu reacción por la mañana. Si aguantas bien. Si te asustas. Esas cosas. En la lucha nos tendremos que acostumbrar a escenas fuertes.

Se cruzaron, ruedas siseantes sobre el asfalto mojado, con otro coche de gendarmes. Circulaba más deprisa que los dos anteriores.

LOS DOS INTEGRANTES del comando Tarn pasaron largas horas en el interior de la catedral. Por motivos de seguridad y por la lluvia. A estos la devoción como que no les tira demasiado.

—Oye, Joseba. ¿Tú sueles rezar?

—Cuando me acuerdo. ¿Y tú?

—A veces, para mis adentros. Según me dé.

—¿Por qué me lo preguntas?

—Porque has hecho la señal de la cruz al entrar.

—Para no llamar la atención. Dos tíos jóvenes con nuestra pinta, en una iglesia, cantan mucho.

—No se me había ocurrido. Tienes razón.

—Bueno, antes he rezado por el tuerto. Nada, un par de susurros.

—Sí, hombre, sí. No te lo echo en cara. El comunista se lo merecía.

Salieron en busca de alimentación. Compraron bocadillos, plátanos y un botellín de agua para cada uno. Más que de costumbre. Poco después de las dos estaban de nuevo en el mismo banco de la catedral. Comieron con buen apetito y moderado disimulo.

Empezó Joseba. Asier le afeó con un codazo la tragonería. También la falta de respeto. Si no podía esperar un rato. Había turistas en pos de un guía; otros, sueltos; algunos, fotografiantes de estatuas y pinturas murales; y casi todos, cuchicheadores. La gente, ¿a qué viene a la iglesia? Qué manera de rajar. Asier, frito. Se paga por entrar en algunas zonas. El coro y eso. Y por subir al campanario. ¿Por qué no se largarán a darse de cabezazos contra las campanas?

Y luego estaba el incordio del hambre. Qué ocurrencias tiene la naturaleza. El hambre te saca de quicio. Te aprieta el pecho por dentro y las tripas por todas sus revueltas. A Asier el hambre lo pone de mal humor. Así que, en un momento dado, fingió agacharse. ¿Su idea? Atarse los cordones de los zapatos. Zapatos, por cierto, que no tenían cordones. Así encorvado, introdujo la cara en el envoltorio de papel. Hambriento y contradictorio, le arreó un primer mordisco al bocadillo. No podía aguantar más. Maldita debilidad. ¡Y qué mordisco! El envoltorio crujiente lo delató. En la iglesia no se come. Él mismo lo había dicho un cuarto de hora antes. Joseba volvió la mirada. No quiso ser menos. Los dos se miraron sonrientes, con las mejillas hinchadas por el respectivo bolo alimenticio.

Entraba tristeza turbia a través de las vidrieras. Allí cerca, junto a la pared, había velas encendidas. Bah, filas de llamas pequeñas que no alumbran. Y la luz escasa puso en los párpados de los integrantes del comando Tarn una sensación de sopor espeso. No era hora de oficios religiosos. Mejor. Ellos se adormecían. Bendita y ensimismada modorra. Se hundían en una oscura ausencia de pensamientos. Se quedaron roques, los brazos cruzados, la barbilla clavada en el pecho. De vez en cuando, bien el uno, bien el otro, entreabrían los párpados. ¿Seguimos aquí? Hecha la comprobación, los párpados se cerraban.

Asier se despertó primero.

—¿A que no sabes una cosa?

Joseba dio un respingo.

—¿Eh? ¿Qué cosa?

—Lo que he estado haciendo.

—Dormir como un tronco. Te he visto.

—Aparte de eso.

—Yo qué sé.

—Pues que también he rezado por el alma del comunista. Me he visto de rodillas delante de una cruz. Esa cruz de cemento que hay a la entrada de mi pueblo. Y hala, un avemaría tras otra. Lo menos quince. No enteras, eso no, porque sólo me sé un cacho. En mi vida he rezado tanto. Una máquina de rezar. En fin, mi pequeño homenaje de agradecimiento al tuerto. ¿Qué te parece?

—Bien. Lo mismo que yo antes. Yo he despachado el trámite con un padrenuestro. Tampoco hay que exagerar.

—En sueños no controlas. Y porque me he despertado, que si no...

Las piernas entumecidas, duros los traseros, acordaron salir a la calle. Seguía lloviendo. Sin paraguas, ¿adónde vas? Regresaron al banco. Siete días y emprenderían la lucha armada, aunque sin armas. Ya se las apañarían. A falta de recursos, pegas fuego a algo. El caso es dar el primer golpe. ETA empezó también pequeña. Asier y Joseba lo tenían más que decidido. Pero necesitaban siete días. O seis. Un día más o menos no va a ningún lado. ¿Y para qué? Pues para reunir el material. ¿Estaban preparados y concienciados? Sí. El problema era otro. ¿El tiempo? El tiempo era un problema sólo en parte. No por miedo a mojarse ni a pasar frío. Viajas a Euskal Herria en tren y santas pascuas, pero no. Ellos querían ahorrar gastos a toda costa. ¿Y eso? Pues con idea de equiparse como es debido.

—Necesitaremos sacos de dormir.

Asier insistía en administrar rigurosamente la caja común. Mirarían cada céntimo por las dos caras antes de gastarlo.

—¿No nos basta con un saco o qué?

—¿Para dormir juntos? ¿Tú estás loco? No cabemos. Y aunque *cabríamos*.

—Eh, eh, no te calientes. Podemos dormir por turnos.

—Sí, tú de día y yo de noche.

—Está bien. Dos sacos, pero baratos, ¿eh? Nada de lujos.

¿Mochilas? Las que tenían. Pequeñas, pero aún valen. Una linterna, mecheros, una navaja multiusos. Acordaron escribir sin falta una lista por la noche, en la habitación. Sólo cargarían con lo estrictamente necesario.

Estuvieron en la catedral hasta más allá de las cuatro de la tarde ultimando en voz baja detalles de equipamiento, objetivos y estrategia. ¿Llovía? Más que por la mañana. Hasta las seis, hora del cierre, permanecieron en el vestíbulo de la mediateca. Se metieron un buen rato en el Carrefour de la Place de Lapérouse; ya oscurecido, en la estación. Cualquier cosa menos volver a la granja y encontrarse con Guillemette. Así y todo, tarde o temprano habría que darle el pésame. Era inevitable. Hacia las nueve y media de la noche llamaron a su puerta. La lámpara del zaguán estaba encendida. El resto de la casa, a oscuras. Volvieron a llamar. Esperaron un rato. La puerta no se abrió. Acordaron dejarle más tarde a la granjera una nota bajo el aro de la aldaba. Al atravesar el patio, se apartaron temerosamente del nogal. El ahorcado ya no estaba.

Ni la cuerda. La silla, sí. Allí seguía, volcada en el suelo.

GUILLEMETTE NO REACCIONÓ a la nota de pésame. ¿La leyó? Joseba la había escrito con letras grandes. Primero puso: «Nuestras condolencias por el señor Fabien». Enseguida la palabra *condolencias* les pareció anticuada a los dos militantes del comando Tarn. Anticuada y falsa. Después, en un segundo trozo de papel, Joseba escribió lo de acompañar en el sentimiento. Aún peor. ¿En qué sentimiento? Pero si esa bruja a lo mejor estaba reventando de alegría por haber enviudado. Tampoco era cuestión de decir la verdad, ¿eh? Joseba se decidió finalmente por una fórmula más sencilla y, para la granjera, seguro que más comprensible. «Nos ha dado pena.» Así, sin más. ¿Pena por qué? Se sobrentiende. Asier juzgó la frase excesivamente íntima y demasiado sentimental. También le pareció ridícula, pero preferible a seguir toda la santa noche ocupados con el pésame de marras. Tenía sueño. Quería dormir.

Al día siguiente, Guillemette pasó junto a ellos camino de la nave. O, por mejor decir, ellos se hicieron los encontradizos. La granjera no dijo ni mu. Ni siquiera los saludó. Qué rara era esa mujer. Asier, al principio, desconfió de su compañero.

120

—¿Seguro que colocaste bien la nota?

—Debajo del aro, como dijimos.

—Igual se cayó.

—Igual, pero ella la vería en el suelo. No es ciega.

—Antes nos miraba sonriente. Ahora, no.

—Estará de duelo.

A media mañana, volvieron al patio en busca de tarea. Los ponía nerviosos la silla volcada bajo el nogal. Asier la levantó del suelo. Hasta entonces habían preferido no tocarla. Pensando en las huellas dactilares, hizo de las mangas del jersey manoplas. En un arranque de energía, murmurando juramentos, colocó la silla junto la pared de la nave. Allá la dejó, en su posición ordinaria, a poca distancia de la caseta del perro. Por no seguir viendo el trasto tirado en medio del patio.

—Yo ahí no me sentaría ni loco.

—Ella no la quiere tocar. Ahora capto la jugada.

Después de un buen rato de espera, vieron salir de la casa a Guillemette con mono de faena. Esta vez la granjera sí saludó. Incluso los llamó caballeros. Está chiflada. Lo diría de broma, ¿no? A continuación prescindió de sus servicios. Mala señal. Malísima. Asier se escamaba.

—Esta planea echarnos.

Ellos necesitaban tiempo para ultimar los preparativos. Estaban surgiendo dificultades. Así, de repente, sin más bagaje que una docena de pertenencias y un poco de ropa, no se podían lanzar a la lucha. Aún no habían tenido ocasión de comprar los sacos de dormir.

—Son demasiado caros.

—O nosotros demasiado pobres.

Abordaron un viejo tema de conversación. El de la escopeta de caza. Un granjero con huerta, barca, tractor, mogollón de herramientas, ¿cómo no va a tener escopeta? Lo declaraban los patos y liebres de la zona. Esos y otros animales por el estilo merodeaban por los alrededores de la granja pidiendo a gritos un cazador. El calzonazos del tuerto los dejaba volar y correr a su antojo. Y los bichos, claro, terminaban marchándose aburridos en busca de aventura y perdigones cerca de otras granjas. ¿Les tendría lástima el tuerto? No, que bien que mataba gallinas. ¿Entonces? Por pereza. ¿Por qué, si no? Fabien era un dejado, además de un borrachuzo y un pésimo cantante. Y a ella la caza pues no le irá. Conclusión: la escopeta se estará muriendo de risa en un rincón.

—No puedes comparar una escopeta con un fusil automático. Ahora, para empezar la lucha armada, nos vendría de perlas.

—Habría que entrar en la casa. ¿Qué opinas?

—Cuando ella no esté.

—Últimamente no la veo salir. Tampoco enciende la luz.

Y luego estaba el asunto del dinero.

—Algo tendrá por ahí escondido.

—Joder, Joseba. ¿Cómo eres? Estás hecho un tío duro. ¡Con lo que nos han ayudado los granjeros! Y ahora, ¿desplumarles? A mí me da corte sacarle a la viuda el dinero.

—Con tanta gallina y tanto huevo estará forrada. Y ahora que no tiene que compartir, aún más. No propongo dejarla en bragas. Sólo cogerle una cantidad. Para ella no sería nada. Para nosotros, la salvación. Podríamos viajar a Euskal Herria en tren. Si me apuras, hasta en clase preferente.

—Alto ahí, capitalista. Para empezar, no somos delincuentes. Ni delincuentes ni desagradecidos. Podríamos, en todo caso, tomar prestada una cantidad. Me explico. Entramos en la casa. Echamos un vistazo a los cajones. ¿Que hay dinero? Pues cogemos una parte. Lo necesario para cubrir los gastos de un mes. Pasado un tiempo, se lo devolvemos a la granjera por correo, metido en un sobre. Aquí tiene. Perdone las molestias. Estábamos en un apuro. Sin duda lo comprenderá. Hasta podríamos escribirle en su idioma con ayuda de alguien, en señal de buena voluntad. ¿Qué me dices?

JOSEBA LLEVABA AL cruzar el patio un cabreo agrio consigo mismo. El cabreo se le quedó atorado en la gar-

123

ganta. Me doy asco. Degradado, más que degradado. En ese plan. Olía fuertemente a agua de colonia para después del afeitado. Un dispendio que Asier le había vendido de víspera como acción estratégica de la lucha armada. ¿Qué sabrá ese pajillero de amor ni de mujeres? Si no ha visto en su puñetera vida a una desnuda. Bueno, sí, las de la revista que esconde debajo del colchón. ¿O se cree que?

Y otra vez, cruzando el patio: me doy asco, degradado, etcétera. No había sabido oponerse a las exigencias de su compañero. De ahí el cabreo que le obstruía la garganta.

Pudieron mangar el frasco, pero no. Aquella dependienta de Albi no les quitaba ojo. Eligieron una colonia por la imagen varonil de la etiqueta. Asier prefería otras más baratas. Impulsor de la iniciativa, argumentó en favor del ahorro. A Joseba le preocupaba otra cosa. ¿Qué cosa? Pues que su desconocimiento de la lengua francesa les jugara una mala pasada. No habría sido la primera vez. Podían equivocarse de producto. Los ojos de la dependienta, un cliente con pinta de vigilante camuflado, la idea de oler a mujer: había que decidirse. Asier cedió. A cambio, tacañeó después en el gasto ya de por sí modesto de la cena.

Discutieron el asunto durante largo rato. Necesitaban cuatro días más de permanencia en la granja. Cuatro días por lo menos. Aún tenían preparativos pendientes. La granjera estaba cada vez más rara. Desde la

124

muerte de Fabien no les asignaba tareas. La notaban esquiva, antipática, como enfadada. ¿Los quería perder de vista? Aún peor: ¿denunciarlos a la policía? Sin el marido al lado, frenándola, vete tú a saber.

—Aún no hemos actuado. ¿De qué nos van a acusar? ¡Si ni armas tenemos!

—No te fíes, Joseba. Lo llaman asociación de malhechores o algo así. Te meten en la cárcel por nada.

A esa mujer tenían que camelarla sin pérdida de tiempo. Para ello sólo había un modo y un lugar: la cama. Hasta ahí Asier y Joseba estaban de acuerdo. La lucha armada pedía el cumplimiento urgente de esta misión. Pero ¿cuál de los dos la llevaría a cabo? Ese era el problema. Por eso discutían.

—Para estos casos hace falta un jefe.

—Claro, tú mismo. Y yo el pringado, ¿no?

Joseba se tuvo que aplicar la colonia en sus partes por orden de Asier. Sus protestas fueron en vano. Que si Karmele, que si su hijo nacido algunos meses atrás. Asier, ni caso.

—De los dos eres el mejor preparado para esta acción.

—Qué preparado ni qué ocho cuartos. ¡Para lo que hay que hacer!

—Tú tienes experiencia.

A la vuelta de Albi, Asier obligó a su compañero a cambiarse de calzoncillo. Que adónde iba con semejante harapo. Joseba tenía dos. El puesto y otro, lavado recientemente y todavía húmedo, al que le colgaban hilos por la parte de la goma. No importa. Los cortaron con un cuchillo de cocina. Y Joseba se dirigió a casa de la granjera renegando por el patio. Como se entere Karmele... Pasaban unos minutos de las diez de la noche. Degradado, más que degradado. ¿Y qué le digo yo a esta mujer? Buenas, venía a.

Una vez dentro del zaguán, se acercó a mirar por la ventana. Había luz en el interior de la cocina. Las macetas sobre el alféizar y la mugre de los vidrios le facilitarían una discreta observación. Guillemette trajinaba junto al aparato de cocina, de espaldas a la ventana. Cortó unas ramitas de perejil. De vez en cuando se secaba los dedos en el delantal. Salía vapor de una cazuela. ¿Y quién es este tío?

Había un hombre sentado a la mesa. Joseba lo veía de perfil. Uno, con aspecto de cincuentón, que leía el periódico. No lo conocía de nada. El de los piensos, desde luego, no era. Tampoco el cartero. Este hombre está instalado. Le pegó un lingotazo al vaso de vino. ¿El mismo vaso del que bebía el tuerto? ¿El mismo vino? Pues a lo mejor. Se secó los labios con una pasada de su antebrazo peludo. Siguió leyendo el periódico. Tenía complexión robusta, pelo entrecano y, a veces, un temblor de conversación en los labios. Desde fuera no se les entendía. Guillemette sirvió la sopa. El hombre le tocó con toda confianza el culo. Más bien se lo apretó. Ella le dejaba hacer. Hasta le

126

sonreía. Este tío es cualquier cosa menos un pariente de visita.

Joseba pasó media hora agazapado al fondo del zaguán. Más o menos lo que a su parecer dura un polvo con prolegómenos y un rato de cháchara poscoital. Suponía a Asier oteando el patio desde la ventana. Así que se escondió. Para que Asier no lo viese. Para que no le viniera luego con reproches. De vuelta en la habitación, le dijo:

—La granjera es una máquina insaciable.

—Mejor que has ido tú. Yo estas cosas no las controlo. La habrás dejado contenta, ¿no? Ese era el plan.

—No sé. Está muy rara. Rara y frígida. Ni que follara por obligación. La próxima vez vas tú.

Empieza la guerra

EL DESCONOCIDO, ¿QUÉ hacía? Pues cargaba huevos en la furgoneta. Llevaba las cajas de una en una a través del patio. El tuerto solía llevarlas de tres en tres. Claro, tenía más práctica. ¿Y Guillemette? Estaba metiendo gallinas desplumadas y algo de fruta y verdura del invernadero en el vehículo parado delante del zaguán. Iban al mercado de Albi, eso seguro. Era por la mañana temprano. Asier y Joseba los observaban desde la habitación, un poco retirados de la ventana. Sábado, ya marzo.

—Este ha venido a quedarse.

—Así parece.

—¿Y no le viste ayer? Ha tenido que pasar la noche en la casa.

—Pues no le vi.

—O sea, tú follando con la dueña y el tipo sin enterarse.

—Tampoco hicimos mucho ruido. O a lo mejor él vino más tarde.

—O es sordo. El otro era tuerto. Pues este es sordo e igual de tonto.

—¿No me crees o qué?

—Yo no he dicho eso.

Al rato, la granjera al volante, los vieron marcharse en la furgoneta. El tubo de escape escupía humo blanco. El frío del amanecer lo mantenía cerca del suelo. ¡Dios, qué invierno más tozudo! ¿Y quién sería aquel tipo? ¿Qué pensaría de la causa vasca? Joseba no lo creía amigo. ¿Y eso? Pues porque Guillemette no se lo había presentado. Qué menos. Hola, este es fulano. Tranquilos, podéis seguir viviendo con nosotros. En lugar de eso, nada.

Asier miró con ojos grandes a su compañero. Como diciendo: Qué tío más espabilado. Ya una vez le había echado en cara su inteligencia. El otro se defendió. Mejor si no *andaría* tan pendiente de mandar en el comando. Mandar quita tiempo para desarrollar el entendimiento. ¿El qué? Asier, ¿picado?, se puso a dar vueltas por la habitación. De vez en cuando pisaba la tabla del crac o del ñic, según. Vueltas rápidas, refunfuñantes. ¿Por qué no tenía él los mismos golpes de astucia que su compañero? Tigre enjaulado, explotó.

—Estoy hasta los cojones.

—Pues mira que yo.

—Ahora o nunca.

Disponían de unas seis horas. La parejita, antes de la una, no vuelve. A la una se cierra el mercado. Luego tendrán que meter las cajas y las mercancías sobrantes en la furgoneta. A lo mejor se van después a tomar algo por ahí. Seis horas bien aprovechadas dan para mucho. Acordaron proceder sin precipitaciones. Primero seleccionarían el equipaje. Más o menos lo tenían todo pensado. Ropa, la imprescindible. La que llevaban puesta y una muda completa. Y lo mismo harían con el calzado. Si eso, ya lavarían en los ríos y los arroyos. La manduca, en bolsas de plástico. Pasta de dientes, jabón de afeitar y toallas no necesitaban. Asier calificó de burguesadas aquellos utensilios. Se limitarían a lo esencial. A los sacos de dormir, cubiertos para dos, la navaja multiusos, los mecheros, las cuchillas de afeitar y poco más. Con el resto hicieron una hoguera en la trasera del almacén. Asier lanzaba las cosas por la ventana. Joseba las arrimaba al fuego.

—¿Tiras el pijama?

—¿Para qué lo quiero?

—¿El dominó también?

—Joseba, no me toques las pelotas. Vamos a la guerra, no a pasar la tarde en la taberna.

—Por lo menos, no me obligarás a hacer la cama hoy, ¿eh?

—Hoy te libras.

Ardían las escasas pertenencias de los dos militantes. Joseba avivaba el fuego con hojas de un viejo *Zutabe*, regalo de Txalupa. El humo se alargaba por encima de la barca, hacia las aguas tranquilas del río. Ya estaba saliendo el sol. Se oía alboroto de pájaros madrugadores. Hacía frío como para expulsar vaho por la boca, pero sin escarcha, charcos helados ni nada de eso. Frescor más bien, ya casi aliento de la primavera.

Joseba y Asier, por ese orden, entraron en la ducha del almacén. A través de la mampara traslúcida, Joseba vio pasar, sigiloso, a su compañero. Que adónde iba. Adónde iba a ir. A echar más trastos a la hoguera. Y Joseba imaginó a todas aquellas mujeres desnudas, abiertas de piernas, penetradas o con plastas de esperma alrededor de la boca, pereciendo sin inmutarse entre las llamas.

Problema: también habían arrojado a la hoguera las toallas. La idea era no dejar nada suyo en la habitación. ¿Qué hacemos? Se secaron con las sábanas. A Asier la sensación de limpieza lo puso de buen humor.

—Una causa limpia se defiende con el cuerpo limpio.

—Esa frase no es tuya. Se la has oído a alguien.

—¿Tú te crees el único listo del mundo?

Joseba, desayunante de las últimas provisiones de la nevera, satisfecho, completó:

—Tampoco está de más defender las causas limpias con el estómago lleno.

Les quedaba lo último. Pero sin llave, ¿cómo ingeniárselas para entrar? Ya se les ocurriría alguna solución. Aún era temprano.

DEBAJO DEL FELPUDO, nada. En unas macetas que se alineaban sobre una repisa del zaguán, tampoco. Ni en los huecos de la pared, ni en el emparrado, ni entre las losas. En ningún lado había una llave de repuesto escondida.

Asier le dio un empujoncito a la puerta. Nunca se sabe. Lástima no haber asistido a uno de los cursillos de ETA.

—Igual enseñaban a abrir puertas. Ya sabes, ¿no? Metes la tarjeta de crédito por la ranura y, hala, para dentro.

A Joseba las palabras de su compañero lo distrajeron del registro minucioso.

—Estamos tú y yo como para tarjetas de crédito.

—Pues un alambre, un imperdible, la hoja fina fina de un cuchillo. Qué más da. Se ve en las películas.

—¿Qué tal si usamos un poco la cabeza? En algún sitio tiene que haber una llave. Piensa.

—¿Pensar? Eso lo dejo para ti, sabihondo.

Rodearon la casa. Inspeccionaron las ventanas del piso bajo. Asier, comprobador, esperanzado, daba un empujoncito a cada una de ellas. En vano. Todas estaban duras y cerradas. Y en los vidrios se reflejaba la decepción de sus ojos.

Se quedó mirando el balcón, allá arriba.

—Hay que entrar, Joseba. Como sea.

—Como sea, no. Te conozco. Tirarías la puerta a patadas.

—¿Dónde está el problema?

—Pues en que a la granjera y al reemplazo del tuerto no les iba a gustar. Nos denuncian por ladrones y, ya de paso, por miembros de una organización armada. La autoridad competente nos pone en busca y captura. Pegan nuestra foto en estaciones y aeropuertos. Por errores parecidos han caído militantes mejor preparados que nosotros.

Asier seguía con la mirada puesta allá arriba. A Joseba: que le ayudara a subir. En lugar de ayuda recibió una ración de peros y objeciones.

—Lo cuestionas todo. Así no se puede trabajar.

—¿Trabajar?

—Ya me entiendes.

Joseba hizo estribo con las manos. Lo ofreció al zapato de su compañero. Asier asentó un pie. Se agarraba a la cabeza de Joseba para mantener el equilibrio. Los dos miembros del comando Tarn se acompasaron: *bat, bi, hiru.* Al tercer número, al brinco del uno se sumó el impulso del otro, acompañando cada cual el esfuerzo con sendas exclamaciones de lenguaje popular. La acción fracasó. Hubo que repetirla varias veces.

La pared blanca de la casa relumbraba al sol de la mañana. Por el oeste, nubes, pero aún lejos. Y Asier, después de tres intentos, logró aferrarse al voladizo.

La puerta del balcón estaba cerrada. Las cortinas corridas impedían ver el interior del cuarto. Asier empujó la puerta. La puerta, de madera vieja, cedió un poco, casi nada. Enseguida las dos hojas volvieron a su posición inicial. Asier las empujó con el pie. El efecto fue el mismo.

—No se deja abrir.

Joseba tenía aquella manera de provocar. Desde abajo, los brazos en jarras:

—Va a estar difícil la victoria final. Ni siquiera somos capaces de entrar en una casa.

—¿Ah, sí? Pues ahora vas a ver.

Esto dicho, le arreó una patada con toda su alma a la puerta. Croac, crujió la madera. Saltaron astillas por el aire. La puerta, sin embargo, resistió el golpe. Había dos viejas macetas sin tierra dentro de sus respectivos aros fijados a la pared. Asier descolgó una. Clin, clin. Una lluvia de añicos se derramó hacia el interior del cuarto. Con cuidado de no cortarse, Asier dio vuelta a la manija.

—¿Querías victoria? Pues aquí la tienes.

—Este no era el plan.

—El plan era entrar en la casa.

—Pero sin que se *notaría*. Para eso no hacía falta subir al balcón.

—Pues tú sigue con tu plan. El plan de comerse el coco y no actuar. Mírame a mí. Misión cumplida. Ahora sólo falta encontrar la escopeta. Yo iré a la lucha armada armado. Tú, soltando discursos filosóficos. A ver quién hace más daño al enemigo.

La puerta de la casa, cerrada con llave, no se podía abrir desde dentro. ¿Esto es un castillo o qué? Joseba, torpe y fondón, tuvo que entrar por una ventana de la planta baja. Asier se desesperaba.

—Sigues gordo.

A Joseba lo preocupaban cuestiones de otro tipo.

—He estado reflexionando. No deberíamos escribir informes de *ekintzas* como esta. Nos podría pasar lo mismo que a ETA. Los *txakurras* cogen al responsable del archivo y ¡menuda faena! Se ahorrarían la investigación.

—Tú quieres escaquearte. Opino lo contrario. Hay que contar las *ekintzas* con todos los detalles. Luego se manda el informe a un periódico adepto a la causa nacional. Aquí estamos solos. ¿Quién se entera de nuestros sacrificios y nuestros méritos? Igual que si no *haríamos* nada. Contarlo es cosa tuya. Para eso eres el listo del *talde*.

—No me has entendido. El problema no es contarlo. El problema es pasar a la Historia como dos tarugos. Que nadie se ría de nosotros, Asier. Lo digo en serio. Hay escritores y periodistas con muy malas entrañas. Venden montones de libros. Les colman de premios.

—Tú tranquilo. Te callas lo ridículo. Cuentas lo demás.

—¿Qué queda entonces? Lo de hoy está siendo de película del Gordo y el Flaco. Tenías que haberte visto colgado del balcón.

—Vamos a buscar la escopeta. A ver quién se ríe luego.

LA CASA CONSTABA de dos plantas y un desván de techos inclinados. A este último se accedía por unos peldaños de madera, no muy firmes, rematados en una trampilla. Asier y Joseba decidieron llevar a cabo un registro minucioso. Entrarían en todos los cuartos. Mirarían en todos los armarios y cajones. Joseba, no obstante, exigió esconder cuanto antes los trozos del vidrio roto. ¿Su idea? Pues que la granjera tardase el mayor tiempo posible en descubrir el estropicio.

Por la misma razón, no dejarían señales de su visita furtiva. Nada de causar desorden. Mucho menos de romper algún objeto. Asier, ¿de broma?, preguntó por las huellas dactilares. Bah, qué más daba. Lo importante era ganar tiempo. Estar lejos cuando la granjera cayera en la cuenta de lo ocurrido. A las once en punto, como muy tarde, abandonarían la granja para siempre. Hicieron cálculos. El mercado de Albi, ¿a qué hora cierra? Los sábados, a la una. Guillemette y el tipo estarían de vuelta poco antes de las dos. Era lo razonable. No tenían por qué darse cuenta enseguida de la desaparición de los dos militantes vascos. Por un vidrio roto no iban a armar mucha bronca. ¿O sí? Igual ni les atribuían a ellos el destrozo. Apenas soplaba viento. Las cortinas no se movían. A lo mejor la granjera estaba varios días, una semana, un mes, sin percatarse de la falta de un vidrio en la puerta del balcón. Se les ocurrió otra cosa. Dejarían encendida la lámpara de su habitación para dar el pego.

Con cuidado de no cortarse, arrojaron los cristales por el balcón. Los más pequeños los esparcieron con el pie. El recinto aquel era una especie de sala de estar con una mesa larga en el centro y vitrinas adosadas a las paredes. Sobre el mantel, dos candelabros enormes. ¿De plata? Eso Asier y Joseba no lo sabían. Tampoco les importaba. En las vitrinas, se veían figuras de porcelana, platos de loza, vasos de colores.

—Concho con los comunistas. ¡Cuánta propiedad privada!

Asier salió en defensa de los dueños.

—Todo esto lo habrán heredado. ¿Qué van a hacer? ¿Tirarlo?

Dos cuadros de gran tamaño colgaban en la pared más larga, frente al balcón. En uno de ellos se veía a un señor bigotudo con uniforme militar de viejos tiempos; en otro, a una señora carnosa, rebosante de

140

ropa, con collar de perlas y diadema. Entre ambos cuadros, una cornamenta de ciervo. Había otros trastos por las paredes (una fila de sables, una balda con jarrones), pero ninguno útil para la lucha armada. Así que salieron en dirección al desván.

Allí sólo encontraron desechos polvorientos, una gran diversidad de cachivaches, caca de roedores y telarañas.

Registraron después el resto de las habitaciones del primer piso. En cada una de ellas entraba Asier con la esperanza de encontrar la escopeta. Estaba como obsesionado. El mobiliario, la ropa, los adornos le traían al pairo. Él sólo quería su escopeta y sus cartuchos. Una escopeta de cazador. Una escopeta de matar liebres y palomas, pero con la que dar caña, decía, al enemigo.

Joseba iba derecho a los cajones. Buscaba otra cosa. Dinero. Lo tenían decidido. Cogerían una cantidad para gastos de logística. Devolverían hasta el último céntimo andando el tiempo, con la recaudación del impuesto revolucionario. A los amigos no se les roba. Sería, pues, un préstamo, aunque sin el consentimiento del prestamista.

Una de las habitaciones del primer piso estaba a oscuras. Tan sólo unos hilillos de luz se colaban por las ranuras de las contraventanas. Joseba encendió la lámpara. ¿Qué es eso? Una cama y, encima de la colcha, apoyada contra la almohada, una urna funeraria. Asier, receloso:

—Lo que nos faltaba.

—Buen sitio para esconder los ahorros.

—No toques ese cacharro. Da mala suerte. Ahí dentro debe de estar el tuerto.

Sobre la cabecera, en la pared, se veía un crucifijo de gran tamaño, pieza sin duda antigua, con una talla de Cristo en madera policromada.

Joseba, provocador:

—¿También herencia de los antepasados?

—A mí qué me cuentas.

No había gran cosa que ver allí. En un cajón de la mesilla, entre la cama y la pared, encontraron un joyero; dentro, un revoltillo de ¿alhajas, bisutería? Les daba igual. Ellos no andaban detrás del beneficio económico. Asier, teórico, moralizante, subido a una silla a fin de mirar encima del armario:

—Para hacer negocio lo mismo nos quedamos en casa. O escopeta o dinero. Lo demás no nos sirve.

Decidieron proseguir con el registro en la planta baja. Allí, contigua a la cocina, estaba la alcoba matrimonial, con ventana a la huerta. La cama se veía revuelta; en el suelo, esparcidas, unas cuantas prendas de mujer.

—¿Aquí te la tiraste?

—Sí, aquí fue.

—Es grande la cama. Buena para follar, ¿no?

—Para follar vale cualquier sitio.

En el dormitorio había un armario ropero de tres

142

puertas de doble hoja. Un armatoste largo, de color canela, que casi ocupaba toda la pared. Asier se tumbó en el suelo de baldosas hidráulicas para mirar debajo. Arriba vio tres maletas de viaje, una encima de otra. Estaban vacías. Vio asimismo un costurero y un mundillo para encaje de bolillos con una antigua labor inacabada, sujeta con alfileres roñosos. Joseba abrió entretanto una puerta. De una de las baldas salió volando un zapato de mujer. Se apresuró a colocarlo en su sitio. Que no haya desorden. Que no se rompa nada. Abrió la segunda puerta. Paños, toallas, lencería. Y la tercera no se dejaba abrir. El cabrón del pomo, que no giraba. Joseba hacía fuerza en vano.

—Mejor no insisto.

—Algo de valor habrá ahí dentro. Si no, la puerta se abriría con facilidad. Yo me encargo.

Le arreó un tirón al pomo. Le arreó otro. La puerta se abrió con un violento crujido. ¿Se abrió? En realidad, Asier había arrancado de cuajo la bisagra superior de una de las hojas. La bisagra inferior estaba a punto de desprenderse. Discutieron. Ya te había dicho yo. En ese plan. De la deseada escopeta, ni rastro. ¿Dinero? Ni una mísera moneda. A golpes de zapato femenino trataron de fijar las bisagras a la pared de madera. Los tornillos se salían de todas todas. Más zapatazos. Asier juraba. Joseba, agorero, se desesperaba. Al fin lograron sujetar una hoja con la otra. Aquella puerta se vendría abajo al menor intento de abrirla.

—La granjera se va a dar cuenta.

—Bueno, Joseba, deja ya de tocar las pelotas. ¿Tienes miedo o qué?

Entraron discutiendo en la cocina.

LO ÚNICO, POR la escopeta, que si no... Se podían haber ahorrado el registro. Ahora llevarían más de una hora de viaje. Les habría bastado con mirar en la cocina. ¿Y eso? Pues porque el dinero estaba a la vista, entre el frutero y un cestillo de mimbre repleto de nueces. Algo más de trescientos euros. Ninguna moneda. Las monedas se las habría llevado Guillemette al mercado para dar los cambios. Y, al lado de los billetes, cartas, sobres abiertos, papeles con aspecto de facturas.

Asier, a lo suyo, abría puertas y cajones. Incluso miró dentro del frigorífico. ¿Cómo era posible? Un tío con propiedades. ¿Cómo las iba a defender en caso de agresión, allanamiento, robo? Un señor con huerta y campos por donde se movían tantos animales comestibles. Y si te viene un zorro, ¿qué? ¿Le dejas zamparse las gallinas? Sugirió visiblemente decepcionado la posibilidad de subir otra vez al desván y repetir el registro. Joseba se opuso. Su convicción: no había escopeta. Estos granjeros de hoy día no son como los

144

de antes. Están demasiado civilizados. Muchos han contraído la fiebre del ecologismo.

—A estos de aquí les recordamos a los antiguos combatientes. Nos ven como las últimas brasas del fuego revolucionario. Por eso nos dieron cobijo. Para olvidar su decadencia. ¿Qué te creías? Han dejado de luchar. Se dedican como todo quisque a sus negocios en una sociedad de mercado.

Asier señaló las fotos de Marx y Lenin en la pared de la cocina, una a cada lado del reloj.

—¿Y qué me dices de eso?

Reliquias, adornos, *souvenirs* de cuando les importaba la lucha de clases. Igual que llamar al perro *Mao*. El comunismo del difunto Fabien se le figuraba a Joseba nostalgia de tiempos pasados. Comunismo de boquilla. Una argucia para que el espejo te devuelva una imagen a tu gusto.

Y dijo con una torcedura de desdén en los labios:

—Gente que renunció a la ideología.

—Pues me dan lástima.

—Por eso le pegan tanto al vino. Se sienten incompletos, quizá traidores. Yo qué sé.

—Y más que lástima me dan asco. ¿Cómo hemos durado tanto en este sitio?

—Hay que ser agradecidos. No teníamos otra opción. Nos han tratado bien.

Luego de un intercambio de pareceres, se incautaron de doscientos euros en favor del proyecto nacional vasco. Joseba consideraba estúpido no llevarse todo el dinero. La noble causa por ellos defendida lo justificaba. La falta de los cuatro billetes de cincuenta se iba a notar igual. ¿Para qué dejar la faena a medias? Aquel dinero lo iban a devolver. En serio, ¿qué más daba devolver doscientos o trescientos euros? ¿Qué tal si dejaban una nota aclaratoria encima de las nueces? No sabían francés. Cierto, pero ella chapurrea el castellano. Y, si no, un diccionario la sacaría de dudas. Asier rechazó la idea de la nota. Era dejar demasiadas huellas. Más aún: una confesión que podría utilizarse contra ellos en caso de proceso judicial. La granjera podría hacerse preguntas. ¿Sí? ¿Cuáles? Por ejemplo, ¿cómo habían entrado los dos jóvenes vascos en la casa? Bueno, pero eso se lo iba a preguntar de todos modos. Asier continuaba cabeceando poco convencido. ¿Llevarse todo el dinero? Aquello olía a robo, no a préstamo. Joseba disponía de un argumento contundente para acabar con los escrúpulos morales de su compañero.

—Tú te habrías llevado una escopeta y la munición, ¿verdad? Pues esos cacharros valen más que este dinero.

—Bien, cógelo todo. Tú verás.

Joseba se embolsó los billetes. Acto seguido, él y su compañero reunieron víveres para el camino. Asier temía cargarse con demasiado peso o con comida churretosa o con alimentos de rápida descomposición. Joseba

146

temía el hambre. Propuso aprovisionarse por lo menos para tres días. Así evitarían gastos. El asunto del ahorro obró un rápido efecto persuasivo en Asier. Sacaron de la casa longanizas, un queso entero, manzanas, galletas, frutos secos y rebanadas de pan de molde envueltas en papel de cocina. Joseba pretendía llevarse una botella de vino.

—¿Adónde vas con eso? El vino es lujo. La botella pesa demasiado. Se puede romper.

—La he cogido para celebrar.

—Para celebrar ¿qué?

—Para empezar con buen pie la lucha armada. ¿Te parece poco?

—No podemos distraernos. La única celebración será por la victoria.

Y a Joseba no le quedó más remedio que restituir la botella a su lugar.

JOSEBA SALTÓ AL patio por una ventana de la planta baja. Con cuidado fue juntando las provisiones en el suelo. Asier se las alcanzaba desde el interior. Un inconveniente: cargar durante el viaje con aquel peso adicional. Según Joseba, sólo al principio. Luego, con cada desayuno, comida y cena, el bagaje se iría reduciendo. Asier, ¿de broma?: que se había olvidado de las meriendas. Y el otro, por puntillo, mencionó la posibilidad de cargar él solo con los alimentos y comérselos también él solo. No hubo réplica. Asier cerró la ventana. Su idea consistía en descolgarse acto seguido por el balcón. La falta de un vidrio le permitiría cerrar la puerta desde fuera. Quizá ese mismo día Guillemette descubriría la rotura. Sí, pero para entonces ellos estarían en casadiós. Asier tardaba más de la cuenta en salir al patio. Joseba no tuvo duda. El cabezota está aprovechando para volver a mirar aquí y allá en busca de la escopeta.

Pasaban unos minutos de las once de la mañana. Una necesidad natural obligó a Joseba a encerrarse un rato en el váter. Mientras, Asier colocó las mochilas, los sacos de dormir enrollados y las bolsas de plástico con las provisiones dentro de la barca.

—No habrás apagado la luz, ¿eh?

—Ay, amá.

Joseba tuvo que volver a la habitación. En menos de un minuto estaba de nuevo con su compañero.

—¿Y la llave?

—Metida en el cerrojo.

Soplaba un viento leve, pero con malas intenciones. Había congregación de nubes negras a lo lejos. ¿Agua? Es probable. De pronto, ¿qué es eso? Un ruido. Una lancha motora subía en dirección a Albi. Ellos, por si acaso, se escondieron detrás de la vegetación. La lancha pasó de largo con su señor tieso y su estela apenas blanca en las aguas verdosas. De vuelta a la orilla, Asier y Joseba, cada uno a un costado de la barca, entonaron, puño en alto, porte marcial, el *Eusko gudariak*. Después metieron la barca en el río con cuidado de no mojarse los pies.

—Este es un momento histórico. Iniciamos un capítulo nuevo de la lucha en pos de la liberación de nuestro pueblo. Le cogemos el relevo a ETA. Una fecha memorable, ya lo verás. Saldrá en los libros. Se estudiará en las *ikastolas*. Y el Estado español, que se vaya preparando.

—Pues a ver cómo funciona esto de la lucha armada sin armas.

—No te hagas el gracioso. Empezamos de poco. Iremos a más. Lo importante es mantener la ilusión. Mira a Sabino Arana y su hermano. Pintaron la *ikurriña* en un papel. Aquel dibujo es ahora la bandera de todos los vascos. Vamos de lo pequeño a lo grande. De la iniciativa de unos pocos al levantamiento de todo un pueblo.

—Eso está bien dicho. Necesitaremos un emblema para los comunicados y las cartas del impuesto revolucionario. Dejemos a ETA su hacha y su serpiente. ¿Qué tal si elegimos una barca como esta? Somos el comando Tarn, ¿no? Pues eso. Una barca; debajo, un cacho de río y dos remos. Uno te simboliza a ti. El otro me simboliza a mí.

—Eres un genio, chaval. *¡Gora* Tar!

—Tarn.

—¿Sabes qué? No me hago al nombre. Igual tendríamos que cambiarlo.

Hasta pasar la primera curva remaron con toda su alma. ¡Qué manera de remar! En medio del cauce, esa furia, esa potencia de las paladas, esos brazos vascos. Ahí querían ver ellos a su lado una trainera profesional. Aúpa, chavales. Se mofaban alegres y resoplantes. La idea estaba clara: perder de vista sin demora la granja y luego bogar a su aire, dosificando las energías, entretenidos en la conversación.

Su primer destino, Toulouse. Se habían llevado un chasco días atrás. Compraron en una librería de Albi un mapa del sur de Francia. Lo tenían que comprar. ¿Adónde iban a ir sin un mapa? Material de guerra, gasto justificado. *Carte France Sud-Ouest,* cinco euros noventa y cinco. Y Joseba, en la habitación de la granja, recorrió la línea azul del Tarn con la yema del índice.

—¡Ahí va Dios! Pero si el río no va a Toulouse. Se aparta antes. Y luego sí, luego entra en el Garona, pero bastante lejos de Toulouse.

También Asier habría jurado que. Trazó una pequeña aspa con bolígrafo en una curva de la línea azul, a la salida de Saint-Sulpice-la-Pointe.

—Vamos hasta aquí. Es más de medio camino. Después ya pensaremos. Tampoco está mal andar un poco.

150

—Pues son treinta y tantos kilómetros hasta Toulouse.

—Como si *serían* trescientos.

JOSEBA ALABÓ EL río. Le parecía bonito. El día luminoso, aunque con nubes, cada vez con más nubes, también le gustaba. Y el sonido de los remos al entrar en el agua. Casi, casi le estaba dando por dentro un pinchazo de felicidad. Asier le afeó aquel sentimiento.

—Es burgués. No debemos cometer el error de ser felices. No hay más felicidad que la misión cumplida.

—Y si estoy a gusto aquí, ¿qué?

—Eso es otra cosa. Tú has hablado de felicidad.

—¿Cuál es la diferencia?

—La felicidad vuelve a la gente estúpida. Se olvidan de luchar. Les entra pereza. Los felices sólo piensan en ir de compras y bañarse en la piscina. Piensan en vacaciones, playa y discoteca. Eso es apoyar al sistema opresor. Justo lo que les va bien a los de la clase dominante. Mira las masas metidas en los campos de fútbol gritando como monos. ¿Gana su equipo? Para ellos eso es la felicidad. O que les toque la lotería. Los felices son bastante borregos. ¿No te habías fijado?

151

¿Que los explotan? Ni se enteran. En cambio, estar a gusto es como una cosa del momento, ¿no? Simplemente te sientes bien. Algo que no resta energía para el proyecto.

—Ahora el filósofo eres tú.

La barca se deslizaba plácidamente por las aguas tranquilas. Ellos decidieron dosificar las fuerzas. El camino era largo. Lo habían estudiado con ayuda del mapa. No les importaba la lentitud. En la barca no tenían que cargar con los bultos. La barca era como una casa a favor de la corriente. Había sido una idea genial llevarse la barca. ¿Y cómo la iban a devolver? A Asier se le ocurrió una solución.

—Le mandamos a la granjera por correo el dibujo de una barca en un punto del mapa. Luego que vaya a buscarla.

—¿Y tendrá que pegarse la matada para volver remando contra la corriente hasta su casa?

—Que reme su amigo. O que los remolquen. Por aquí pasan lanchas motoras. Además, nunca usaban la barca. ¿Para qué la querían? ¿Tú lo sabes? Yo, no.

—No me dejas escribir a Karmele, pero sí a la granjera.

—No es lo mismo. La granjera ha echado un capote a la organización. Colaboró con ETA y con nosotros. En cambio, Karmele, ¿qué? Igual los picoletos la tienen vigilada. Mucho cuidadito. A ver si nos van a echar el guante nada más empezar.

Remaron, conversantes, discutidores, hasta eso de las dos de la tarde. Por entonces, el estómago de Joseba reclamaba con apremio materia digestible. Asier dio su conformidad. Al parecer no andaba menos afligido por el hambre que su compañero. Detuvieron la barca a la sombra de unos árboles de la orilla, sin casas ni gente a la vista. Comían con buen apetito. Al segundo bocado, descubrieron un fallo. Asier lo calificó de organizativo. No se habían acordado de traer bebida. Joseba, enfurruñado, recordó la botella de vino.

—De vez en cuando deberías hacerme caso.

—Podemos beber del río.

—Y morirnos de cagalera, con unos dolores de tripas espantosos.

—Bueno, pues dejamos el queso. Da sed.

Adelantándose a las posibles quejas de Joseba, Asier cambió el tema de conversación. Que le contase su encuentro de la víspera con Guillemette. El otro presintió las ganas de burla de su compañero. Asier, por tranquilizarlo:

—Lo vi como una acción del *talde*. Esto queda entre nosotros.

—Lo principal ya te lo conté. No hay mucho que añadir. La miré a los ojos. Eso bastó. Las mujeres enseguida saben. Estaba sola. Nada más cerrar la puerta, me puso la mano aquí.

—¿En la bragueta?

153

—Suelen hacerlo.

—¿Karmele también?

—Todas, Asier. Por ahí se empieza. Es la señal. El resto te lo puedes figurar.

—No me figuro nada.

—Fuimos directos al negocio. Yo me quité los zapatos. Ella se sacó los pechos.

—Grandes, ¿no?

—Melones. Una cosa así no se ve todos los días. Lo demás tampoco estaba mal. Ahora, la granjera no es mi tipo. Olía bastante fuerte. No mal, pero fuerte. ¿Cómo te diría yo? Un poco como a queso de Idiazábal.

—¿El ahumado?

—No, el otro.

—Me acordé de Karmele. Me sentí mal, muy mal. ¡Engañar de esa manera a la madre de mi hijo! O de mi hija. De esto sí que no escribo yo un informe.

—Haremos una excepción.

—Tenías que haber oído los vientres al chocar. No fue nada agradable.

—¿Y te corriste?

—Pues claro, pero sin placer personal. Sólo por cumplir y además pidiendo entre mí perdón a Karmele. Al irme, la granjera me besó agradecida. Esa era la misión, ¿no? Dejarla contenta. Total, para qué si nos hemos marchado al día siguiente.

—Mereces una medalla. ¿Qué te parecen estas manzanas?

—Las he comido mejores. Por lo menos no dan sed.

COMÍAN EN LA barca, sentados el uno frente al otro. Las provisiones, en medio. Y por no agravar la sed, acordaron reservar el queso para otra ocasión. Sobre sus cabezas, un techo de ramas con las hojas jóvenes, las primeras del año. Joseba se rascó impensadamente un codo con el filo de la navaja. Saltaron escamas de una costra de psoriasis. Asier, mirada severa, amonestó a su compañero:

—Estás llenando de caspa la comida.

—Me pica.

—Pues aguanta.

Hablando y hablando, se acordaron del crucifijo de los granjeros. Con el recuerdo, les vino la imagen de la urna recostada contra la almohada. Asier:

—¡A quién se le ocurre guardar el muerto en casa!

—A lo mejor la urna era una hucha. Un truco para despistar a los ladrones. Teníamos que haber levantado la tapa.

—¿Tú crees en Dios?

—A veces, no tanto como Karmele. Habrá ido corriendo del paritorio a la pila bautismal. Tú eres un poco cura, ¿no? Algunas noches te he oído bisbisear como a los viejos en la iglesia.

—Algo tiene que haber. Si no, ¿quién ha hecho esto?

Y señaló con el dedo, en apoyo de su suposición, al río de aguas tranquilas.

—Pues Karmele, antes del sexo, siempre se santigua.

—Para mí no hay contradicción entre la lucha armada y la fe. La primera es para este mundo y la segunda para el otro. ¿Que al final no existe Dios? Bueno, pero si existe ¿qué? Le daré a tu Karmele recuerdos en el cielo. Igual me pregunta por ti. Joseba estará en el infierno arrancándose pellejos. ¡Lo que nos vamos a reír a costa tuya!

—Pues yo hablaré con el demonio. ¿Y Asier? Está en el cielo, vestido de fraile, aburriéndose como una estatua.

Conversaban, bromistas, bien avenidos. A Joseba, el estómago complacido, le iban entrando ganas de dormir la siesta. Le bastaba un cuarto de hora. Como mucho, veinte minutos. De este modo, luego estarían frescos frescos. Asier estableció una runfla de equivalencias: siesta = pereza, pereza = indisciplina, indisciplina = derrota militar. Era partidario de proseguir sin tardanza el viaje. El otro, claro, discrepaba. ¿Remar con la comida en la garganta? Antes de llegar a la primera curva, seguro que vomitaban. Asier:

—Tampoco tenemos que forzar la marcha. La corriente nos lleva.

Entretenidos en aquellas disquisiciones, llegaron de pronto a sus oídos unos gritos de mujer. ¿Dónde sonaban? No lejos, pero tampoco cerca. Bueno, sí, más bien cerca, detrás de los árboles. Eran gritos mezclados con palabras desgajadas. Y ellos, desde la barca, no veían a nadie. Los gritos se hacían cada vez más dramáticos, ya puros alaridos, como de petición de socorro. Por ahí está pasando algo grave. Asier y Joseba decidieron echar un vistazo. En principio, por curiosidad. Actuar o no, eso ya se vería. Arrimaron la barca a la orilla arenosa. Se adentraron en la espesura. Llegaron, sorteando troncos y ramas, al borde de la franja arbórea. Vieron. ¿Qué? Un descampado y allí, en el camino, un hombre y una mujer forcejeantes. A su lado, tiradas en el suelo, había dos bicicletas. La mujer, joven, furiosa, despeinada, se defendía. Él, más fuerte, la sujetaba sin decir una palabra. La melena de la mujer, veintipocos años, blusa blanca, latigaba el aire. Asier y Joseba la creyeron agredida. El uno:

—Ese cerdo quiere violarla.

El otro:

—Delante de un vasco no se viola a nadie.

Saliendo a campo abierto, echaron a correr dispuestos a intervenir, salvadores. Joseba, metido en carnes, más lentamente. Asier corría delante, el puño en disposición de golpear. Dio voces amenazadoras, roncas, mostrando sus intenciones justicieras. El tipo vio venir a los dos jóvenes robustos. Al punto soltó a la mujer.

Montándose en una de las bicicletas, emprendió la fuga. Cobarde. Asier hizo amago de seguirlo. Nada, cuatro pasos, pues a la carrera, contra una bicicleta, no tienes nada que hacer. Joseba, fatigado, jadeante, recorrió andando los últimos metros.

En medio del camino, la mujer se recomponía la melena. Las faldas de la blusa también las tenía para aquí y para allá. Se le veía a la altura de la clavícula una tira blanca del sostén. Tenía la cara roja. ¿Del esfuerzo? Quizá de los gritos.

Ellos, limitados de idioma, entorpecidos de timidez, tiraron de ademanes y gestos hospitalario-consoladores para hacerse entender. Todo para nada, pues ella se apresuró a marcar las distancias. Aún más, les puso cara hosca. Algo dijo en lengua francesa, churrutú, churrutuá, dándoles ostensiblemente la espalda. Aquello sonó a cualquier cosa menos a agradecimiento. La mujer levantó la bicicleta con una brusca, airada resolución. Sin despedirse, sin mirarlos, emprendió la marcha. Hermoso y redondo culo dentro de unos vaqueros azules, sobre el sillín. Como a doscientos metros la esperaba, con un pie en tierra, el presunto violador. Montado cada cual en su bicicleta, se perdieron de vista en una revuelta del camino.

ASIER SE PUSO a remar él solo, refunfuñante. Que para qué habían parado. Lo mismo podían haber comido por turnos sin bajar a tierra. Uno rema. El otro come. ¿Dónde está el problema? Que esto no es una excursión, joder. ¿Cuántas veces hay que repetirlo? Que ellos no eran ni agentes del orden ni frailes de la caridad.

Joseba, sentado en la popa, callaba, contemplador del paisaje, compartiendo con las mochilas el poco espacio disponible. Orillas arboladas, casas sueltas. Las miraba pensativo, indolente, necesitado de siesta. El sol se había ocultado tras las nubes. Al mundo se le fue el lustre de repente. Y la tarde recién comenzada se estaba metiendo en grisura de lluvia.

Asier, erre que erre:

—Le he cogido manía a este país. Por cierto, el Estado francés también oprime a Euskal Herria. No olvidemos Iparralde. Primero hay que liberar la parte sur, Navarra incluida. Todo a la vez sería demasiado para nosotros. Luego toca dar caña a estos. No me fío de Francia ni de su gente. Y el río este tampoco me va. Hay que cambiar el nombre al *talde* o a la organización. ¿Qué somos? ¿Un *talde,* un colectivo, una organización? Piensa otro nombre, Joseba. Uno en euskera, fácil de pronunciar. Tú entiendes de palabras. Mientras tanto, yo me ocuparé de la estrategia. Lo de antes no se puede repetir. Esa no era nuestra guerra. Hemos sido supertorpes. De ser militantes de ETA, los jefes nos habrían echado la bronca con razón.

—Tampoco es para tanto.

—¿Cómo que no? Nos metemos en líos ajenos. Llamamos la atención. Somos forasteros. Aquí cantamos mucho. ¿No te das cuenta? Vas de listo por la vida. Luego no junas lo elemental. La pareja esa nos podría reconocer en una foto de busca y captura. ¿Qué nos importaba a nosotros la chica?

—Parecía víctima de una violación.

—Ya has visto que no. Igual la discusión era por culpa de ella. Las mujeres son muy enredadoras. Y el tipo a lo mejor era un pobre desgraciado.

—Demasiado agresivo para mi gusto.

—Se defendía.

—¿Atacando?

—Tampoco la chica le daba cariño. Igual ella había empezado la pelea. ¿A ti, de niño, tu madre te besaba?

—Muchas veces.

—La mía, a mí, nunca. Ojo, tampoco yo lo esperaba. He vivido la mar de bien sin caricias. Hasta lo prefiero. Los mimos ablandan. ¿Te has fijado en los niños de hoy día? Tan gorditos, tan llorones y ya con gafas a los cinco o seis años. Esto va para abajo. Se lo estamos poniendo a huevo a los árabes. Los árabes sí que los tienen bien puestos.

—Pues en ETA ha habido mujeres en puestos de dirección.

—Así se fue ETA al traste, cada día más débil y más incapaz. No quiero mujeres en nuestra organización.

160

La lucha armada es cosa de hombres y ni siquiera de todos, sino de los más fuertes y los más lanzados.

—Hoy día es difícil cerrarles la puerta a las mujeres. Por cualquier cosa te montan el pollo feminista. Luego todos esos políticos babosos se solidarizan con ellas para conseguir sus votos.

—Hay que dejarlas fuera. Ya nos pensaremos un truco.

—¿Cuál?

—Uno que no se note. ¿Por qué te ríes?

—Algo parecido intentaron hacer en la sociedad gastronómica de mi aitá. Hasta organizaron una votación. Si permitían mujeres socias o no.

—Lo estoy viendo. Salió que no.

—Casi al cien por ciento. ¿De qué les sirvió? Ahora ves todos los días mujeres allí dentro. Son muy listas.

—Listas porque nadie las para.

—Pues yo siento simpatía por ellas.

—Allá tú.

Bogaban despacio, conversantes. Y a Asier poco a poco se le iba apaciguando el ánimo. Remaba el uno. Al rato remaba el otro. Divisaron a los lados del río grupos de casas con pinta de pertenecer a algún pueblo. ¿A cuál? Ni idea. Tras la comida, habían dejado de seguir con el dedo la ruta dibujada en el mapa.

El cielo amenazaba con descargar agua en cualquier momento, según la predicción agorera de Joseba.

A Asier le daba igual. Un partido de fútbol no se suspende por la lluvia. La guerra, aún menos.

Su compañero insistía:

—Pues va a caer una buena.

—Y qué.

—Deberíamos buscar un refugio.

—Hoy ya te he hecho caso una vez. No vuelvo a cometer el mismo fallo.

Dos curvas en forma de ese, a la izquierda un pueblo, y tras la segunda, ¿qué ven? De lejos parecía un puente, pero no. Era una represa junto a unas instalaciones como de central eléctrica. No estaban seguros. Cuidado. Había una casa en el lado derecho. Asier y Joseba sacaron la barca del río con idea de meterla en el agua pasado el obstáculo. Cargaron con ella después de esconder los remos, las mochilas, los sacos de dormir y las bolsas de los víveres entre unas matas. Dieron la vuelta a la barca. Uno delante, otro detrás, la sostenían como un tejado sobre sus cabezas. Anduvieron cosa de doscientos metros. No había un alma por allí. Mejor. Depositaron la barca sobre unas piedras, a pocos pasos del cauce. Después volvieron en busca del bagaje y los remos. Después reanudaron la marcha por el río. Después, sin tiempo de dar una veintena de paladas, se desató el aguacero.

ESCENAS SIMILARES NO se habrán visto a menudo en aquel paraje del río Tarn. Dos jóvenes extranjeros en una barca vieja, las caras levantadas hacia las nubes, las bocas abiertas.

Joseba había tomado la iniciativa.

—¿Qué andas?

—Bebiendo.

Y bebiendo lluvia rumorosa, fresca, francesa, llevaron la barca hasta la orilla. Saltaron, ágiles, a tierra. En realidad, a piedras. Una espesa vegetación se apretaba un poco más allá. Un muro de árboles en los inicios de la foliación anual. Quizá tendrían que haberse bajado enfrente. Ya era tarde. Vieron el tronco. Un grueso tronco tirado en el suelo. Apoyaron en él la barca boca abajo, por la parte de popa. De este modo, en un plis plas, construyeron su guarida techada. Pusieron los bultos más o menos a buen recaudo. A continuación se introdujeron ellos a gatas bajo la barca. Enorme incomodidad; pero, con todo, la estrechez les parecía preferible a una mojadura. Y eso que ya estaban empapados de cabeza, espalda y hombros. Se habían dado prisa. El suelo, bajo los árboles, aún estaba bastante seco.

—Compañero, a veces hacemos las cosas bien.

—Y así ha de ser siempre en el futuro.

—¿Habrá hormigas aquí dentro?

—¿Qué clase de vasco eres tú? Por mí como si *habría* escorpiones.

Asier hizo apología de la rudeza. Contó un par de casos de su infancia para ilustrar su falta de temor en situaciones más peligrosas que esta. En fin, fanfarroneaba. A los diez minutos, se quejó de ampollas en las manos. Joseba lo remedó exagerando el tono lastimero. Vaya un vasco flojito y tal y cual.

—No es lo mismo. He remado más que tú.

E hizo recuento pormenorizado de los turnos con los remos.

—Tienes manos de señorito. Reconócelo. Tú, una fábrica por dentro, ¿cuándo has visto? Ni en pintura. ¿Voy a por mercromina y polvos talco al pueblo más cercano?

—Mañana remas tú.

—Pues remo yo. ¡Menuda hazaña!

Se enzarzaron en un pimpón de pullas. Mataban el tiempo, discutidores, burlones alternos como versolaris en prosa, tumbados bajo la barca. Cada cual se carcajeaba de sus propios chistes. Los del rival, que se los ría su abuela. Y sólo la lluvia chisporroteante contra el casco de la barca parecía aplaudir las ocurrencias.

En incómoda postura, extendieron los sacos en el suelo. Los habían comprado en una tienda de deportes, sin asesorarse. Eran enormes, Highlander tamaño XL. Bueno, mejor así que demasiado estrechos. A continuación, se cambiaron de ropa. Primero el uno, después el otro. No había sitio para estirar y encoger cuatro brazos y cuatro piernas al mismo tiempo. Joseba, por picar a su compañero, echó en falta el pijama. Pijamita, dijo. Asier entró de cabeza en la provocación. Y por madrear en son de burla a Joseba, se ofreció a contarle un cuento infantil o a cantarle una nana. Lo que el burguesito prefiriese.

Sin un recipiente donde juntar agua, abrieron en la intemperie una bolsa de plástico tras vaciarla de víveres. La lluvia intensa iba haciendo su donativo potable. Cenaron pronto para no tener que hacerlo más tarde a oscuras. Eran las siete y ya casi noche cerrada debajo de la barca. ¡Qué manera de jarrear! Y de pronto, el fogonazo de un relámpago. Ellos atacaron con apetito el queso y las longanizas. Joseba volvió a añorar la botella de vino. Y Asier, retrucándole, el turrón de Navidad. Bebieron agua de lluvia. Disfrutaron de sendos cigarrillos. Refrescaba. Se acurrucaron dentro de los sacos. Truenos espaciados.

A Asier le vino una racha de locuacidad.

—Hoy ha sido nuestro primer día oficial en la lucha. En líneas generales, ha estado bien. ¿Lo ves como yo? Poco a poco nos vamos acercando a Euskal Herria. Hoy un pasito, mañana otro. Eso es lo que importa: ir siempre hacia delante. Obstáculos no nos van a faltar, ¿eh? No me refiero a las picaduras de hormiga. Mayores incordios nos esperan por el camino. También gente de nuestra ideología que no nos va a entender. En cuanto al enemigo, a ese ni caso. Militaremos con valor. Sin pararnos a pensar. Joseba, prométemelo. Ni miedo ni dudas. Con unas cuantas ideas claras tenemos de sobra. Las mismas que cuando quisimos entrar en ETA. Ya se encargarán otros de la teoría. Nosotros, a lo práctico. Y si nos pescan los *txakurras,* mala folla. Estamos aquí, aguantando el chaparrón, en defensa de nuestro pueblo oprimido y de los derechos de la clase trabajadora vasca. Caerán más chaparrones. Bueno, ¿y qué? Seremos valientes. Sin valentía, mejor dejarlo. Yo estoy dispuesto a jugarme la vida. Te lo juro. A mí no me frena ni Dios. ¿Lo ves igual? Yo ni siquiera espero las gracias. ¡Qué gracias ni qué ocho cuartos! Nosotros tendríamos que estar agradecidos por ser vascos. ¿Qué me dices, compañero?

Asier guardó silencio unos instantes. Su compañero ¿por qué no responde? En medio del rumor de la lluvia, Asier acercó el oído a la cara de Joseba. Notó su respiración habitual de por las noches. Le arreó con propósito comprobatorio una pequeña sacudida.

—¡Qué cara dura tienes! Yo hablando y tú dormido...

UN DESASTRE. SE despertaron al amanecer medio hundidos en un charco de agua lodosa. Seguía lloviendo. Joseba fue el primero en abrir los ojos. No había notado nada inquietante hasta entonces. Los sacos eran impermeables. Alarmado de pronto, sacudió a su compañero. Claro, de aquí al montículo de piedras de la orilla, el suelo forma una depresión, una especie de surco ancho. ¿Cómo no se habían dado cuenta? Pues porque llegaron con el día ya de retirada. Había poca luz. Estaban cansados. Y a lo tonto, a lo tonto, se habían ido acumulando el agua y el barro alrededor y debajo de la barca. En fin, un desastre.

—Nos falta experiencia.

—Bueno, no te hagas mala sangre. Estas cosas pasan.

—Pero no tendrían que pasar.

—Joseba, no empieces. El pesimismo sierra las piernas al militante.

Las últimas rebanadas del pan de molde flotaban hinchadas y sucias. De las galletas o el paquete de cigarrillos mejor no hablar. Una punta del queso ya empezado sobresalía del líquido color café con leche. Y los frutos secos y las longanizas sobrantes de la víspera, ¿dónde andarán? Vete tú a saber.

Tendieron la mirada en derredor. Un cobertizo les habría venido de perlas. Nada. Río, árboles, lluvia. Asier tomó la iniciativa.

—Dame un abrazo, compañero. Va a ser un día chungo.

Se prometieron solidaridad. No iban a discutir, al menos hasta estar secos. Entrechocaron palmas para sellar el pacto. Un pacto de buenos camaradas y porque ante los problemas no hay que venirse abajo. A continuación, limpiaron sus pertenencias en el río. Las metieron, empapadas, dentro de las mochilas. ¿Y la comida? Bah, para los gatos. Joseba propuso buscar las longanizas y salvarlas. Asier, de buenas, que no, de verdad, que no merecía la pena. Ya comerían algo por ahí.

Hechas sus necesidades, reanudaron la marcha por el río. Ni deprisa ni despacio, dosificando las fuerzas. Esta vez cada uno con un remo. Y el mapa no lo habían podido consultar. ¿Consultar? Ni siquiera abrir, pues tenía todas las hojas pegadas. Se sabían lejos, muy lejos, de Saint-Sulpice-la-Pointe. Al rato, ¿qué ven? Otra represa. Pie en tierra, la bordearon. Era más pequeña que la anterior.

El agua resbalaba por sus caras. Cada dos por tres se les formaba una gota en la punta de la nariz. La gota crecía hasta caer. Y entonces se empezaba a formar la siguiente. Ellos se miraban de vez en cuando. ¿Para comprobar qué le quedaba al compañero de la euforia inicial? Y la superficie del río, debajo de una fina capa de niebla, se rizaba por el impacto innumerable de la lluvia. Asier, de repente, se arrancó a silbar una melodía. Una de esas que tocan las charangas en las fiestas del pueblo. Joseba lo secundó. Se miraron nuevamente, sin dejar de silbar. En sus respectivas miradas podía leerse: nada de discusiones ni de quejas.

Un día chungo. Menos mal que hace menos frío que de víspera a estas horas. Les entró a un mismo tiempo la risa.

—Esta lluvia la sueltan encima *nuestro* las fuerzas de seguridad apretando un botón.

—Somos jóvenes. Tenemos la vida por delante. Ya se cansarán de apretar el botoncito.

Se aproximaron a un puente. Y a su espalda sonó una voz chillona, un pincho en los tímpanos. Y ellos se volvieron sorprendidos. ¿Qué querrá esa mujer? Al punto no supieron interpretar los gritos. La señora, de unos setenta años, con paraguas, apoyada en la barandilla del puente, no paraba de gesticular, frenética, agresiva. ¿Se habrá escapado de un manicomio? Y ellos, palada a palada, cruzaron por debajo del puente. Y la mujer se pasó al otro lado. Y, desde allá arriba, continuó ¿increpándolos?

—¿Qué querrá la vieja?

—Esto no me gusta nada.

Ahora la veían de frente, el rostro desencajado, el puño amenazador. Y de pronto se le juntó otra persona, también con paraguas. Un señor. Y el señor, quizá algo mayor que ella, hablaba atropelladamente en su idioma incomprensible para Asier y Joseba. Un poco más allá, el río hacía una curva. Ellos aumentaron el ritmo de las paladas, deseosos de alejarse del puente. Joseba, suspicaz, habría jurado que.

—¿Qué?

Que el viejo se había marchado a toda velocidad. ¿Adónde? Vete tú a saber. Igual a contarles algún cuento a los gendarmes. La señora se había quedado sola, en silencio, como vigilándolos. De ahí a poco la perdieron de vista. Enfilaron un tramo con casas al fondo. Una ciudad. ¿Cuál? Ni idea. Y a Joseba no lo dejaba en paz un recelo.

—Esos dos del puente me dan mala espina. Aquí, en el río, no tenemos escapatoria.

Tras breves deliberaciones, pusieron rumbo hacia la orilla. Las manos ampolladas empezaban a causarles serios problemas. Asier llevaba un buen rato cubriéndose las suyas con las mangas del jersey. Joseba agarraba el remo de una forma rara para mitigar los efectos del roce. Vieron a su izquierda un terreno con árboles en fila y bancos, y todo el aspecto de un parque o por lo menos de una zona de recreo. Nadie a la vista. Normal. Con este tiempo, ¿quién, en su sano juicio, va a salir a pasear? Saltaron a tierra. Cada cual cogió su mochila y su saco de dormir. Se adentraron en la ciudad. Aún no sabían en cuál. La barca quedó varada en la orilla, con los dos remos dentro. Acompañados por la lluvia, atravesaron calles mojadas, sin apenas gente. A gusto habrían preguntado a un transeúnte.

—Pregunta tú.

—No, pregunta tú.

Prefirieron prestar atención a las indicaciones: CENTRE VILLE. Al rato, con ayuda de un letrero, descubrieron el nombre del sitio: Gaillac. Lo confirmaron ojeando anuncios en el escaparate de una agencia inmobiliaria. Y recordaron. ¿Qué? Pues que el tren de Albi a Toulouse solía parar en esta ciudad. Y en una rotonda vieron: GARE S.N.C.F.

—Tira por ahí.

No les resultó fácil encontrar la estación. Quedaba bastante lejos del río. Compraron billetes para el primer tren con dirección a Toulouse. Tenían que haberlo hecho en Albi, según opinión de Joseba. Asier no replicó. Estaban empapados, rotos de cansancio, muertos de hambre y de sed. Tenían por delante cuarenta minutos de espera. Compraron dos botellines de agua en una máquina expendedora y dos chocolatinas en otra. Les dio por deambular en círculo por el recinto de la estación para no coger frío. Volvieron a entrechocar las palmas. El pacto de buenos camaradas seguía vigente.

Toulouse

POR LA TARDE, Asier y Joseba llamaron a la puerta de Txalupa.

Txalupa era toda su esperanza. Esperanza de ropa seca y de poner la propia a secar. Eso lo primero. Esperanza también de un techo para una noche o dos o tres. Y, ya puestos a imaginar la vida en rosa, esperanza de comida caliente y de un vaso de cerveza o de vino.

Se las prometían felices. Y la puerta cerrada, ahí delante: último obstáculo. En cuanto se abriera, adiós problemas. Volvieron a pulsar el timbre. No hubo respuesta. Tan sólo, después de un rato, un maullido de la gata en el interior.

Asier albergaba otra esperanza. Una esperanza de distinta naturaleza y de muy distintas consecuencias. La Browning de Txalupa. Porque, si no, ¿qué sentido tenía venir a Toulouse? Bien podían haber viajado directamente a Euskal Herria.

—¿No pensarás mangarle el hierro?

—¿Quién habla de mangar? Nos lo puede prestar durante unos meses. ¿Para qué lo quiere? ¿Para presumir delante de las visitas? Luego se lo devolvemos.

—Sí, como la barca a la granjera.

—¡Alto ahí! Aún estamos a tiempo de escribirle.

—El hierro es como la novia. No se presta. Y Txalupa ha sido militante. Con él pocas bromas.

—Bueno, ya veremos. Todo es cuestión de convencerle.

Una suerte que Txalupa viviera en un ático sin vecino directo. Asier y Joseba decidieron desvestirse. La ropa mojada se les pegaba al cuerpo. ¡Qué sensación más desagradable! Extendieron prendas a lo largo del barandal y sobre el suelo. Vaciaron las mochilas. Se instaban el uno al otro a guardar silencio, a no hacer ruido. De vez en cuando se oían pasos por las escaleras. Y ellos, desnudos en el descansillo, temblando de frío, sin nada con que secarse. Se comunicaban por señas y susurros. Las tres de la tarde. Las cuatro. ¿Cuándo vendrá Txalupa? Era domingo. Sí, pero él estaría trabajando.

A Joseba se le ocurrió la idea de meterse en los sacos de dormir. Los desplegaron uno al lado del otro. Se acostaron dentro de ellos. Poco a poco fueron entrando en calor. Asier, risueño, sacó por la abertura un pulgar aprobatorio. Por fin sentían algo parecido a la comodidad. En voz baja:

176

—Qué mal lo hemos pasado, ¿eh?

—No lo quería decir para no bajar la moral del *talde*.

—La preparación física por las mañanas fue una buena idea. No querías creerme. Gracias a la gimnasia hemos ganado en capacidad de resistencia.

De nuevo se oyeron pasos en la escalera. Una mujer subía hablando con alguien en idioma local. Había en su risa un jajá jijí juvenil, desinhibido, alborozado. Y parecida alegría nerviosa resonaba en el ruido de sus pisadas. Ya cerca, en el descansillo del piso inmediatamente inferior, habló él. Asier y Joseba reconocieron la voz de Txalupa. No viene solo. Y ellos, desnudos, acostados dentro de los sacos, se apresuraron a cerrar del todo las respectivas cremalleras.

Las risas se acabaron de golpe.

—¿Qué hacéis aquí?

Asier dijo. Joseba explicó. A Txalupa se le formaron dos surcos hoscos entre las cejas. A su espalda, la chica, de pelo corto, ojos claros, nariz respingona, tenía una expresión de extrañeza-repulsión, de asombro-desengaño. Toda aquella ropa extendida. Los evidentes calcetines en el barandal. Los feos, arrugados calzoncillos. Los dos desconocidos en el suelo. Y su chico hablándoles en lengua extranjera, con gestos de impaciencia y muestras de conocerlos.

—No nos dejes aquí tirados.

—Sois un par de subnormales. No tenéis ni medio

dedo de frente. En mi piso no podéis entrar. He venido acompañado. ¿No os dais cuenta? Vuestros planes me traen sin cuidado. Yo tengo otros. Así que hoy aquí no entráis.

—¿Cuándo, pues?

—Hoy, no. Y en el descansillo tampoco os podéis quedar.

—¿Por qué no?

—Porque no.

Txalupa cogió de la mano a su acompañante con ademán protector. Así enlazados, avanzaron hacia la puerta sorteando los sacos de dormir y las prendas esparcidas por el suelo. La chica parecía cohibida. Y para no pisar harapos ni personas, recorrió el descansillo levantando los pies a imitación de las aves zancudas. A toda prisa se puso a buen recaudo en el interior del ático. Durante unos instantes, flotó en el aire el grato olor de su perfume.

Asier y Joseba insistían, suplicantes. Que estaban desnudos. Que no podían salir a la calle con ropa mojada. Que por favor. Y Txalupa se parapetó detrás de la puerta de su pequeña vivienda. Sólo asomaba la cara por la abertura. Les propuso un pacto. Ropa seca a cambio de que se largasen.

—Pasáis la noche en una pensión. Mañana me devolvéis las prendas. Es lunes, mi día libre. Nos vemos aquí a las once. A las once he dicho, ni un segundo antes.

Asier y Joseba aceptaron. Txalupa lanzó al descansillo prendas de ropa y también calzado. Lo lanzó todo a voleo, sin reparar en colores, sin preguntar qué tallas. Por último, a petición de Joseba, depositó sobre el felpudo cuatro clementinas y un paquete, ya empezado, de tortitas de arroz.

A ASIER LA ropa de Txalupa le quedaba ancha; a Joseba, estrecha. Tan estrecha que no se podía abrochar el botón de los pantalones.

Al principio, Joseba intentó ocultar la bragueta ingobernable con los bajos del jersey. El jersey le quedaba corto. Le dio por estirarlo a cada rato. Las zapatillas deportivas le apretaban. Decidió no atarse los cordones. Su compañero no tenía mejor aspecto.

Joseba:

—Parecemos dos escapados del circo.

—Mejor así que soportar la mojadura.

—Cuanto antes nos metamos en una pensión, mejor.

—No hay presupuesto para camas de pago.

Caminaban sin rumbo por las calles de Toulouse. Asier razonaba en contra de los gastos. Su principal argumento: había parado de llover. Iban ligeros de peso. La ropa mojada la tenían puesta a secar en el descansillo de Txalupa. Llevaban los sacos de dormir. Por tanto, se podían ahorrar el dispendio de la pensión. Asier insistió en la importancia de reservar fondos para necesidades más urgentes. Por tal motivo había insistido en cargar con los sacos. Buscarían un lugar adecuado donde pernoctar. Ya encontrarían alguno. Y la cena, ¿qué? Pues las clementinas y las tortitas de arroz. Con eso, según Asier, tenían suficiente. Añadió:

—Mañana, a las once, saquearemos la nevera de Txalupa. Hasta entonces aprovecharemos para perder peso. Buena falta te hace.

Vieron un pequeño jardín público rodeado por una valla. El suelo mojado, con charcos, los disuadió de entrar allí. Y eso que el sitio parecía recogido. Pero ¿y si se pone a llover durante la noche? No estaban dispuestos a repetir la experiencia de la mañana. Por fuerza tendrían que refugiarse en un portal, quizá en una iglesia o en un parquin. En fin, debajo de un techo.

Joseba se acordó de la chica.

—Muy guapa, ¿no crees?

—No me he fijado.

—Olía de maravilla. ¡Qué suerte tiene Txalupa!

—No paras de tocarte la bragueta.

—La cremallera se me baja.

—¿Por qué no te echas una paja? A ver si te calmas un poco.

Y de repente, al doblar una esquina, el mejor hotel, el más tranquilo y barato que podían encontrar: el cementerio. Buscaron, gran rodeo entre casas bajas, la entrada. La flanqueaban dos obeliscos rojos. Y en medio la verja, qué faena, cerrada. Hora de cierre: las seis. Y eran las siete y veinticinco.

Intercambiaron burlas.

—Nadie en la recepción. Igual no hay camas libres.

—Toca el timbre, Asier. Seguro que viene un esqueleto a abrirnos.

—Te noto de buen humor.

—No creas. Me estoy preparando para la típica pregunta.

—¿Qué pregunta?

—La que te escuece en la punta de la lengua.

—¿Cuál?

—Lo sabes de sobra.

—¿Si te da miedo pasar la noche aquí?

—Esa.

¿Saltar la verja? Peligroso. Remataba en puntas metálicas. Desanduvieron el camino, de vuelta al costado del cementerio. Allí el problema era la altura del muro. ¡Pues sí que estaban encontrando obstáculos! Luego descubrieron el monumento aquel de piedra blanca: AUX MORTS POUR LA PATRIE. Un bloque de gran tamaño adosado al muro. Al pie de una lápida cuajada de nombres había una figura humana caída. La figura serviría de primer escalón. Después, pisando aquí y allá, sería fácil encaramarse a lo más alto y saltar al interior del cementerio. ¿Gente? Ninguna a la vista. Tampoco en las ventanas y balcones de un edificio cercano.

Por si acaso decidieron dar una vuelta, más que nada para matar el tiempo. Aún no había oscurecido. Y Asier aceptó hacer un pequeño gasto. No en cena, no en alojamiento, como quería Joseba, sino en un paquete de cigarrillos. Pasadas las nueve de la noche, sin otra luz que la de las farolas, acordaron recogerse. Ni siquiera Joseba, torpe y fondón, tuvo dificultad para escalar el monumento.

NO ERA FÁCIL. O no tan fácil como ellos habían pensado. Buscaron entre las tumbas. Se alumbraban con la llama de los mecheros. Joseba ya estaba resignado a pasar la noche a la intemperie. Panteones había de sobra. Pero esas puertas de metal, ¡qué duras! Asier era partidario de emplear la violencia. Total, estaban solos. ¿Quién los iba a oír?

Abrigaba una convicción.

—Venir al cementerio tiene una ventaja.

—¿Cuál?

—Ver que no nos siguen. Un tema que teníamos olvidado.

182

—Lo tendrías olvidado tú. Yo vuelvo muchas veces la mirada. Recuerda mi mosqueo con la vieja y el viejo del puente.

—Ahí te doy la razón. No hay que bajar la guardia.

Se toparon con una construcción de piedra caliza en una fila de varias similares a pequeños templos. Hicieron falta cinco patadas. La puerta roñosa cedió por fin con un fuerte chasquido. Del interior del panteón vino al encuentro de los dos militantes una ráfaga de calor viejo. Entraron en una capilla estrecha. Cubría el suelo una losa con nombres y fechas. Allí dentro no debía de haber estado nadie en muchos años. Había flores de plástico sobre una ménsula. Había un Sagrado Corazón despintado y telarañas polvorientas.

—Joseba, recuerda una importante misión. A ti se te da bien escribir, ¿no? Mejor que a mí, seguro. Algún día tienes que contar nuestra historia. No ahora. Más adelante. Durante las treguas o cuando cumplamos condena en la cárcel.

—¿Estás de broma?

—Las escenas ridículas te las saltas. Tú vas seleccionando hechos. Pones, por ejemplo, lo de la ropa prestada de Txalupa. Lo pones sin entrar en detalles. Sin decir nada de si nos quedaba grande o pequeña. Que no vengan luego los escritores del bando enemigo a joder la marrana.

—¡Hay cada uno!

—Los mentirosos y manipuladores deberían ser también objetivo de nuestra organización.

—Esto habría que estudiarlo.

—Por mí ya está estudiado. También ETA les daba caña a los de la prensa intoxicadora.

Se sentaron en el suelo con las piernas metidas dentro de sus respectivos sacos de dormir. Asier razonaba, teorizante, fumador. La brasa de su cigarrillo brillaba en la oscuridad. Joseba comía. Su compañero, no tan apurado por el hambre, le había regalado sus tortitas de arroz y sus clementinas. Joseba formó con las cáscaras un decoroso montoncito. Asier le había pedido respeto a los muertos. Él mismo tiraba la ceniza del cigarrillo al pie de la pared. Al día siguiente la sacaría afuera soplando. Eso dijo. Y también que no le gustaba el nombre del comando o de la organización.

—Hay que cambiarlo. Tarn no me dice nada. Encima suena extranjero.

Barajaron diversas opciones. Ninguna terminaba de convencerlos. De vez en cuando alteraba la paz del cementerio un ruido suelto, pasajero, proveniente de la ciudad. Una sirena de ambulancia, el rugido solitario de una moto. Y ellos dos, acostados en los sacos, conversaban a oscuras. Joseba:

—En la *herriko taberna* sonaba mucho una canción de Negu Gorriak. Karmele tenía el CD. A mí me gustaba sobre todo la letra. De memoria no me la sé. Me acuerdo del contenido. Va de tirar golpe a golpe una puerta de hierro. Bueno, como la que hemos roto para entrar aquí. La idea es bonita. Una puerta que se resiste. Hay que abrirla. Lo mismo hacemos nosotros. Luchamos por el pleno desarrollo nacional de nuestro pueblo. El enemigo se opone. El enemigo empuja por el otro lado para mantener la puerta cerrada. Hay que luchar sin descanso, cada día, cada hora, contra esa puerta. Sola no se abrirá nunca. Hay que romperla a patadas. La canción se llama *Geurea da garaipena*, La victoria es nuestra. ¿Qué te parece?

—¿Qué me parece qué?

—Tomar el título de la canción. La organización para la liberación de Euskal Herria GDG.

Asier repitió como para sí aquellas siglas: ge de ge.

—Eres un genio. En todo caso, esto suena mejor que el nombre del río. Me trae malos recuerdos. Lo he pasado fatal con la lluvia y las ampollas. Aún me parece un milagro no estar enfermo. GDG. Revolución o muerte. Viva la lucha armada. Por mí, vale.

—Habría que celebrarlo.

—Tú y tus celebraciones. Todavía no hemos conseguido nada.

—¿Te parece poco tener un nombre? Vamos a brindar con un cigarro.

—Ya hemos consumido los de hoy.

—No seas agarrado. Todo sea por la moral de la tropa.

—Como mucho podemos compartir un cigarro. Si quieres, bien. Si no, nada.

—Pues fumamos uno a medias. El caso es celebrar.

SE DESPERTARON TEMPRANO. Había debido de llover durante la noche. Ellos no sintieron nada. Lo único, que al salir del panteón encontraron el suelo mojado, con pequeños charcos esparcidos por todas partes. Pájaros alegres, olor a sombra fresca, murmullos de la ciudad. Se estaban abriendo claros entre aquellas nubes de allí. Ellos habían dormido bien. No habían pasado frío. Se sentían descansados.

El cementerio, aún no abierto a los visitantes, se veía vacío. Tras consultar su reloj, Asier ordenó media hora de ejercicio físico.

—No jodas.

—Sí jodo.

Propuso echar unas carreritas suaves suaves por la zona. Diez veces de aquí a aquellos cipreses y vuelta. Joseba protestó. El pantalón de Txalupa le impedía correr con normalidad. Bueno, pero de todos modos había que moverse. Ya había visto ayer lo útil de estar en forma. Acordaron practicar un rato de gimnasia detrás del panteón. Estiramientos, flexiones, sentadillas, lo que se terciara. A Joseba le resultaba difícil hacer los

186

ejercicios agarrándose con una mano el pantalón. Juramentos, refunfuños, optó por quedarse en calzoncillos. Su compañero, por solidaridad, lo imitó.

Transcurridos cerca de veinte minutos, enrollaron los sacos de dormir. Joseba intentó expeler vaho. Una forma de averiguar la temperatura. En vano. No hacía frío suficiente. A Asier la gimnasia lo había puesto de buen ánimo. Respiraba hondo, goloso de oxígeno. Aprobaba, gestual, el decorado matutino.

—¿A que no te ha hecho daño un poco de ejercicio? A mí me gusta tener un plan para todo. Ahora esto, después lo otro y así desde la mañana hasta acabar el día. A cada cosa su estructura, ¿entiendes? Una organización, un objetivo, una estrategia. No somos psicópatas. Eso es una chorrada de políticos enemigos y periodistas vendidos al poder. No entienden. No entenderán nunca. Nos ajustamos a un orden. Actuamos por motivos concretos y racionales, y ni siquiera en beneficio personal. Algunos nos ponen de brutos, de tíos sin alma, sin formación ni cultura. Les interesa declararnos locos. Nos llamarán asesinos. ¿Cuánto te juegas? Ya lo hacían con ETA. Nosotros, ni caso. Son unos fascistas. Ayer, ¿te comiste todas las clementinas?

—Me las regalaste.

—Pues el estómago me está reclamando alimento.

—Otras veces me llamas tú a mí tragón.

—No te confundas. Llevo la tira de horas sin probar bocado.

—Tendrás que aguantar en ayunas hasta las once. ¿O vamos antes a una cafetería?

—Nada de lujos.

—Siempre respondes lo mismo.

—Entonces, ¿para qué preguntas?

Salieron del cementerio descolgándose por el monumento a los caídos por la patria. Joseba resbaló por la piedra mojada, pero ya cerca del suelo, sin mayores consecuencias. Asier había bajado primero.

—Los franceses no olvidan a sus héroes. Mira cuántos nombres grabados ahí para el recuerdo.

—Y nosotros pisando encima. Nos van a hostiar.

—Yo me siento cerca de esta gente. Igual un día a ti y a mí nos tratan de héroes. Nunca se sabe. Me gusta la idea del monumento. ¿A ti no?

—Pues claro que me gusta. Pero el Estado español no deja poner nombres de patriotas vascos a nada. Apología del terrorismo lo llaman.

—Tranquilo. Ya vendrán otros tiempos.

Bajaron por la Avenue de la Gloire. Se adentraron en una calle con bolardos junto al bordillo. No podían ir uno al lado del otro por causa de lo estrecho. Y al doblar una esquina, una de tantas, lo vieron. ¿A quién? Al niño de la mochila escolar que caminaba en la misma dirección que ellos, distraído, solito, azul. Siete, ocho años, no más. Las bambas rojas, fluorescentes, no pegaban con el resto del atuendo. El colegial caminaba masticando una chocolatina. El detalle les dio a ellos la idea de desayunar a expensas del chavalillo. No tuvieron que planearlo. Un intercambio rápido de miradas les bastó. Y por la prudencia de no delatarse como extranjeros, mantuvieron las bocas cerradas.

Acercándose por detrás, Asier inmovilizó a la criatura. Al principio con un exceso de fuerza, pero enseguida aflojó. No era su intención hacerle daño. Tampoco asustar a quien de todos modos estaba muerto de miedo. Y por el otro lado, sin mayores trámites ni explicaciones, Joseba le abrió la mochila. Libros, cuadernos y, en un costado, el botellín de agua, el bocadillo envuelto en papel de aluminio y un plátano. Ellos se alejaron sin prisa con el botín. Les facilitaba la calma el silencio atemorizado del niño, quieto entre dos bolardos, con un corro de orina en el pantalón.

¿AHÍ? VALE, PUES ahí. Tomaron asiento en un banco público del Parc Pinel. El botín en medio de los dos. Retirado el papel de aluminio, encontraron un cacho de barra de pan tierno; dentro, cuatro lonchas de salchichón, dos rodajas de tomate y una hoja de lechuga.

—Muy biológico el chavalillo.

—Les miman demasiado. Salen flojos.

—A ver qué hace Karmele con el mío. Que le dé alubias y chuletones, y no porquerías llenas de azúcar.

Asier tomó a su cargo la repartición ecuánime. Recomendó:

—Mastica despacio. Se engaña mejor al estómago.

—Sí, porque esto, de pincho, no pasa.

A la vista de la exigua cantidad de alimento, Joseba sugirió la idea de postergar el desayuno. ¿Y eso? En aquellas horas matinales habría más críos por las calles, camino del colegio. Con tres o cuatro como el de antes ellos quedarían saciados. A su compañero: que qué opinaba. Asier prefirió atender a la urgencia de su hambre. Cada cual se sostendría hasta las once con medio bocadillo, medio plátano y medio botellín de agua. No se hable más. También: que de momento no convenía mezclar niños en las acciones del *talde*.

—ETA se cargó a unos cuantos. Luego, ¿cómo justificas? Peor propaganda, imposible. Hay que dejar a los niños a un lado. Lo de hoy es otra cosa. Esto no va a ninguna parte. Tampoco hace falta que lo cuentes en tu historia.

—Yo entendería una reacción violenta del padre del chaval. A mi hijo o a mi hija lo asusta alguien por la calle y... ¡uf!

—Uf, ¿qué?

—Le saco los ojos.

—Menos humos. A mí Agirretxe, en la *ikastola*, me quitó muchas veces el bocata. Bueno, no sólo a mí. Agirretxe se alimentaba a nuestra costa. Dame. Le dabas. ¿Cómo no le ibas a dar? Era el más fuerte y ni siquiera pegón. No lo necesitaba. Imponía su ley. Punto. ¿Que un día le apetecía pan con queso? Buscaba por el patio. Eh, tú, dame. Y le daban. O chorizo. O chocolate. Y con la bebida igual. Nunca traía. De familia pobre no era. Su aitá puso un asador a la entrada del pueblo con media docena de empleados. Allí sí que se comía bien. Y siempre lleno. Ya sólo con las sobras podía alimentarnos a todos los de la clase. Agirretxe tenía madera de líder. Por un lado te metía respeto. Por otro estabas deseando juntarte con él. ¿Por qué? Pues porque te hacía fuerte.

—Txomin Iturbe fue uno así. El mejor jefe de ETA. Lástima de su accidente.

—Agirretxe te ayudaba a espabilar. Yo a veces llevaba el almuerzo del recreo partido en dos. Esto lo aprendí de otros. Un cacho para Agirretxe si me lo pedía. El otro para mí. De esa manera no me tenía que pasar toda la mañana con el estómago vacío. Y aún te voy a decir más. Estoy aquí por Agirretxe. ¡Con lo que me puteó de niño! Un tiempo le dio por tirarme de la oreja. Se acercaba por detrás. Ñaca, me arreaba un tirón. No fuerte. No con idea de hacer daño. En la *ikastola,* en la calle, en misa. No paraba hasta ponerme la oreja roja. Tenía ese capricho. A otros les hacía peores diabluras. Con las chavalas no se metía. Yo le dejaba hacer. Era lo mejor. Si te resistías, malo. El mensaje lo entendí más tarde. Agirretxe no soportaba a los tipos débiles. Mucho cuidadito con los miedosos, decía.

Te pueden fallar. Así nos hablaba, pero no de niños. Después. Cuando empezamos a quemar cajeros y autobuses. Yo le he visto darle una patada a un *beltza*. Lo dejó allí tirado en el suelo, con su casco rojo y su escopeta de balas de goma. Todos le teníamos una gran admiración a Agirretxe. Amaba a Euskal Herria más que a su madre. Era una cosa por demás. En la taberna nos largaba discursos patrióticos. Te calentaba la sangre. Salías dispuesto a dar la vida por tu pueblo. Debería haber más gente como Agirretxe. Tíos con ideas claras y personalidad. Líderes.

—¿Y qué fue de él?

—Pasó a Iparralde antes que nosotros. Le he perdido la pista. Conociéndolo, me figuro que le habrá sentado como un tiro el cese de la actividad armada. Yo no me lo imagino de brazos cruzados. Ahí tengo yo mis esperanzas. Que se nos junte gente como Agirretxe. Seguro que hay muchos dispuestos a sumar fuerzas. Y, si no, al tiempo. Ya verás.

Tuvieron un conato de discusión. Asier, quitada la peladura, había partido el plátano. Joseba se consideró perjudicado. El trozo de su compañero le parecía más largo. Cotejaron. Asier no percibía diferencia alguna. Con eso y todo, propuso intercambiar los trozos a fin de zanjar cualquier posible desavenencia. Así lo hicieron.

—Tienes un gran sentido de la justicia.

—En según qué cuestiones.

192

—En la de la comida, desde luego.

—En esa sobre todo.

Terminaron el frugal desayuno. Salieron del parque, Joseba agarrándose con una mano el pantalón. ¿Adónde ir? Pues a la calle de Txalupa, aunque era pronto. Ya esperarían en las inmediaciones del portal. O si llueve, arriba, en el descansillo. ¿Llover? En realidad estaba despejando. Claro que no te puedes fiar y menos después de lo de ayer.

PREFIRIERON NO PULSAR el timbre. Faltaba más de una hora para las once. Igual la chica continuaba en la vivienda. Vete tú a saber. Lo mismo era novia formal de Txalupa y no un ligue para una noche. Asier y Joseba esperaron un buen rato en la calle. Salió por fin un vecino. Entonces ellos aprovecharon para colarse en el portal.

La ropa y parte de sus pertenencias seguían esparcidas en el descansillo. Se oían voces fuertes dentro del ático. ¿Conversación? Más bien disputa. No estaba claro. Ellos, por señas, se pusieron de acuerdo en no hacer ruido. Las prendas colocadas en la barandilla y desparramadas por el suelo estaban secas. Tan sólo en los jerséis se notaba algo de humedad. Se cambiaron deprisa. Los de dentro hablaban en francés. ¿Qué decían? Aquello no sonaba a intercambio de lindezas. Ellos colocaron las mochilas y los sacos de dormir junto a la pared con idea de dejar el paso libre. Se movían conjuntados, sigilosos. A una seña de Asier, volvieron a la calle.

Como a la media hora, la vieron salir. Nada más poner los pies en la calle, la chica se olió las manos. No se fijó en ellos, apostados junto a la pared del edificio frontero. La distancia les permitía observarla a su antojo. Joseba:

—Es guapilla.

A los pocos pasos, la chica volvió a olerse las manos. Tenía en los labios un temblor de susurros. De pronto, los vio. Apenas detuvo en ellos la mirada durante una fracción de segundo. Seria, rauda, caderas estrechas, se alejó por la calle adelante. Asier no abrigaba la menor duda.

—Estos han reñido. Mejor nos quedamos aquí.

Esperaron hasta las once. Subieron. Txalupa, mustio. De broma: con una cara así no se recibe a los amigos. Lo abrazaron con palmadas de varonil afecto en la espalda. Joseba fue el primero en meterse en la ducha. El otro se afeitó mientras tanto con la cuchilla propia y la espuma del anfitrión. La gata andaba por allí.

—¿Qué tal la pensión?

—Sin problemas. Estaba en una zona tranquila.

—¿Os han dado de desayunar?

194

—No nos han dado ni los buenos días.

Txalupa se metió una calada profunda de inhalador. Se fue a preparar café, la tele encendida, con programa en francés, y el fregadero atestado de vajilla sucia. Después le tocó a Asier ducharse. Joseba, desnudo, se aplicó la espuma de afeitar en la cara. A tientas intentó asimismo rasurarse el cogote peludo.

Los tres compartieron sendas tazas de café con leche y galletas. *Polita*, corros sin pelo, se frotaba suavemente contra las piernas de Joseba, usufructuario de la única silla.

—La francesita, ¿es tu novia?

A Txalupa se le arrugó el semblante.

—A veces sí, a veces no. Se lo tendrías que preguntar a ella.

—Parece bastante más joven que tú.

—Bueno, Asier, deja el tema. Algún día serás mayor. Ya entenderás. Y ahora, decidme. ¿Os han echado de la granja?

Respondieron ofendidos. El cese de la lucha armada, ETA dirigida por chapuceros y cobardes, todo eso. No estaban conformes con la decisión. Joseba, categórico, sentenció: una traición al pueblo vasco, la tarea a medio hacer, años de sufrimiento tirados a la basura. Se calentó. Que no se había conseguido nada. Que si la soberanía nacional, el socialismo, el euskera, la expulsión de los cuerpos represivos y Navarra. A todo se había renunciado por las buenas.

Txalupa se metió otro chute de inhalador. Con la respiración ansiosa:

—Estáis chalados.

Enumeró razones con ojos turbios de fatiga. Los objetivos se mantienen. Cambia la estrategia. La izquierda *abertzale* tiene cuerda para rato. Hay que dar paso a otra generación, usar la inteligencia, renovar el discurso político. Las cárceles estaban a tope de militantes; la organización, desgastada, sin apoyo internacional, sin respaldo popular, llena de topos.

Asier lo interrumpió.

—No te canses. Estamos decididos.

—Podéis tener problemas con los nuestros. Vais a perjudicar la causa.

—No somos ETA. Hemos fundado una organización nueva. Se llama GDG.

—¿Quiénes habéis fundado una organización?

—Este y yo. De hecho, ya estamos operativos, camino de Euskal Herria. A nivel teórico lo tenemos muy claro. Seguimos las directrices de ETA sin ser ETA.

—GDG: grupo de gilipollas, ¿no?

—Cuidadito con las burlas. Vamos en serio.

—Puede que haya negociaciones secretas con el Gobierno español. Una *ekintza* en estos momentos podría estropearlo todo y empeorar la situación de los presos. Abrid los ojos. Los vascos hemos actuado siempre en colectivo, no cada uno por su cuenta.

Joseba se sirvió más café. Dijo:

196

—¿Te parecemos ingenuos? Pues te equivocas. Ni ingenuos ni locos. Nuestra idea es darnos a conocer mediante alguna acción. No sabemos ahora cuál. Ni siquiera tenemos armas. Algo haremos, algo simbólico, por probar. Entonces se verá. ¿Estamos solos? ¿No estamos solos? ¿Hay apoyo para una nueva ofensiva del pueblo vasco? ¿Que no lo hay? Paramos. Pero si lo hay, caña a tope. Están buenas estas galletas.

NO ERAN EXCUSAS, sino la pura verdad. Txalupa no había previsto la visita. Él no acostumbra hacer grandes compras en el supermercado por una razón muy simple. En la cocina del hotel picas a todas horas. Ahora un trozo de jamón, más tarde un espárrago y a lo tonto, a lo tonto, vuelves a casa cenado. Así se justificó Txalupa junto a la puerta abierta de la nevera. Francamente no les faltaba mucho a aquellas baldas para estar vacías. En cambio, había en el ático una aceptable provisión de vino y conservas. Algo es algo.

Abrieron dos latas de atún en escabeche. ¿Pan? Poco, seco, de hacía dos o tres días. El anfitrión cocinó un puré instantáneo de sobre. Agregó a la cazuela un chorro de leche y margarina. Asier y Joseba, insaciables, compartieron unos plátanos con manchas negras en la peladura, un paquetito de cacahuetes y una lata de melocotón en almíbar. Joseba se atrevió, además, con un par de yogures caducados. Todo ello regado con vino tinto y acompañado de fraternal conversación. Principalmente recuerdos de la tierra vasca, asuntos políticos y nostalgia. *Polita* dio cuenta a lengüetadas, bajo la mesa, de un montoncito de puré. Txalupa, con penas de amor, no probó bocado. Y Joseba pagó el privilegio de los yogures lavando los cacharros apilados en el fregadero.

Echaron luego una partida de cartas, los tres de pie en torno a la mesa. Entre baza y baza, Asier intentó persuadir a Txalupa a incorporarse al GDG. Este repitió aquello del Grupo de Gilipollas. No paraba de regodearse en la burla: Grandes Demagogos Gordos, Gudaris de Guata... Los otros le pusieron mala cara. Él se justificó con voz cansina: el asma, su estabilidad laboral, Juliette. Ya estaba harto de batallas. No quería dilapidar sus últimos días de juventud entre rejas.

—Nosotros tampoco.

—Pues lleváis camino.

Y también: que había tenido malas historias en sus tiempos de militancia. Había perdido compañeros en la lucha. A su mejor amigo le explotó un petardo en las manos. Le podía haber pasado a él. Txalupa se habría comprometido con ETA. A la organización él no le negaría nunca nada. Algo podría haber hecho por ella en todo este tiempo. Tareas de retaguardia, de información o algo así. Ahora ya era tarde. Y de sucedáneos de ETA no quería oír hablar. Desde el anuncio de octubre se acabó la lucha armada. Había empezado una nueva etapa histórica. Y a él ya se le había pasado la edad de meterse en broncas.

—Lo primero de todo, la amnistía. Ese es ahora el objetivo principal. Hay que ir sacando a los compañeros de las cárceles. Luego ya se verá.

Tenía una cita con Juliette a media tarde. Un encuentro muy importante para él. Importante era poco. Decisivo. Para ella igual no tanto. Esto lo dijo entre tristón y aturdido.

Los lunes eran el día libre de Txalupa. Se marchó a eso de las cinco. Dejó a sus dos amigos solos en la vivienda con una condición. En caso de venir acompañado de Juliette, ellos tendrían que ahuecar el ala sin pérdida de tiempo.

—¿Estamos?

Joseba se permitió una broma.

—Vas a un funeral, ¿verdad?

—¿Por qué lo dices?

—Por la cara que llevas como de pariente del muerto.

Txalupa hizo un gesto de fastidio. Se despidió con una sacudida floja de barbilla. Nada más cerrar la puerta, Asier se apresuró a ponerlo a caldo. Aún no se habían apagado las pisadas de Txalupa en las escaleras. Que si esto, que si lo otro. Y también:

—Es un hombre sin agallas. Con gente así, ¿cómo va a salir adelante un proyecto? Ese derrotismo. Esa cara de desgraciadillo. ¿Te has fijado? Y luego la conformidad. Trabaja como un esclavo, lejos de su pueblo y su gente. ¿Vitalidad, entusiasmo? Cero. Otro que ha renunciado al combate. Prefiere freír huevos en un maldito hotel, sin otro plan de vida que llegar a viejo. Odio la tristeza. En realidad, odio cualquier sentimiento. No sirven para nada. Hala, vamos a buscar la Browning. No se la merece. El hierro pertenece a Euskal Herria, no a un pinche de cocina.

Joseba insistía en no causar desorden. ¿Y eso? Pues para que no se *notaría* el registro. Abrieron cajones. Miraron detrás de los libros y los discos, y debajo de la almohada y el colchón. En el cuarto de baño, entre los útiles de higiene; debajo del fregadero; en un armario lleno de ropa y dentro de una maleta que estaba encima del armario. En algunos sitios miraron dos veces. ¿Dónde estaría la puñetera pistola? Por ella habían hecho un alto en Toulouse. Dieron las seis. Decidieron empezar de nuevo el registro. Asier: pero esta vez con inteligencia, sistemáticamente, razonando cada paso. El cajón de los cubiertos. Nada. Un cesto con ropa sucia. Nada. Aquí, allá. Nada. ¿Se repite la historia de la escopeta del granjero o qué? Una libreta de ahorro con algo más de tres mil euros, una caja de cartón abarrotada de medicinas. Poco a poco se les fue esfumando la esperanza de convertirse esa misma tarde en organización realmente armada. Joseba tuvo una idea.

—¿Por qué no le pedimos prestada la Browning? ¿O se la compramos?

—No digas chorradas. El hierro es como el alma.

—Igual él sabe la manera de conseguir armas a buen precio. A ver qué dice a la vuelta.

—Este tiene otros asuntos en la cabeza. Seguro que está deseando perdernos de vista.

Convinieron en no salir a la calle. Luego, ¿cómo entras? Pasar otra noche en el cementerio no les apetecía. Lo único, si no hay más remedio. Encendieron el televisor con deseo de enterarse de las noticias. Fue anocheciendo. Y entre los dos se bebieron una botella de vino. Hasta que a eso de las nueve oyeron pasos en la escalera y la voz de Txalupa y las risas de una mujer y enseguida el ruido de la llave en la cerradura.

—Qué faena. Tenemos que irnos.

La chica no era la misma de ayer. Era una joven sonriente de baja estatura, melena rizada y no pequeños pechos. Los saludó en francés, simpática, dicharachera, y acto seguido en perfecto castellano.

TXALUPA LES HACÍA señas apremiantes a espaldas de la chica. Había rencor en su silencio, enfado en la tensión de sus facciones, rabia en aquellas disimuladas y bruscas sacudidas de barbilla señaladoras de la puerta. Ellos dos allí quietos, pasmarotes en el centro del ático. ¿Qué iban a hacer? María Cristina, con la gata en brazos, no cesaba de darles conversación.

—¿Sois de ETA?

Había visto las mochilas y los sacos de dormir en el descansillo. Tuvo un barrunto. Txalupa, hasta entonces callado, se apresuró a responder por ellos.

—Estos dos han llegado tarde a la Historia. Van de vuelta a casa.

—Qué penica.

—Bueno, según cómo se mire. No tienen causas pendientes con la justicia. Podrán rehacer sus vidas. Los demás aquí seguimos.

Ella, extraversión y desparpajo, se definió como de izquierdas. Puntualizó: muy de izquierdas. Aclaró: más que nada para amargar a su padre, cerdo votante de derechas y, por añadidura, militar. Y para poner de los nervios a su madre, rezadora de rosarios, devota a ultranza de la Virgen del Pilar. Y concluyó en remedo matemático:

—Facha más santurrona, igual a hija roja hasta las cachas.

Un asco de familia, esa institución capitalista, represora y patriarcal. Y, claro, se había dado el piro tras colgar los estudios, sin despedirse. Desplegó a continuación una pirotecnia de confidencias. Hablaba deprisa. Era de Zaragoza. Llevaba medio año viviendo de tapadillo en Toulouse, en casa de una amiga francesa. Se conocieron en la universidad. Que si se venía con ella. Se vino. A conocer mundo, a vivir aventuras. Y aquí estaba, esperando la llegada de la sociedad sin clases. Mientras tanto limpiaba habitaciones en el hotel de Txalupa a cambio de unos miserables honorarios. Cuando la llamaban. Una semana sí, luego otra no, según. El pago, en negro. Estaba deseando contárselo a su padre, el coronel. Chínchate, maño. Tu princesa haciendo camas y limpiando retretes sin contrato legal.

—Una pena que no seáis de ETA. Yo os señalaría un objetivo cojonudo. Un coronel del Ejército de Tierra, afincado en Zaragoza, que casualmente es mi padre. Conozco sus horarios y sus rutas. Hasta os acompañaría. Os diría: ese. Y vosotros, pum. Uno menos y yo, a heredar.

Se reía, la cara resplandeciente de júbilo. Los otros la miraban serios. Asier, incómodo o quizá solamente tímido, consultó su reloj.

—Bueno —dijo, iniciante de despedida.

—¿Ya os vais? ¿Tenéis algún piso franco?

Y Joseba no se supo callar. El vino debió de aflojarle la lengua. Allí estaba la botella vacía junto al fregadero.

—Dormimos en cualquier sitio.

Ella no tenía un pelo de tonta. Reparó en la mirada dura de Asier y en la mirada severa de Txalupa.

Estos ocultan algo. Si no les apetecía quedarse a dormir en el ático. Hasta sabía cómo.

—Vosotros en los sacos, y este y yo en la cama. Un ratico tendréis que mirar para otro lado.

Se reía mostrando los dientes. Hasta el paladar, carne rosa, se le veía. Joseba: que no querían molestar. Asier, negro, deseando marcharse. Esto se está poniendo demasiado íntimo. Una mujer. Eso para empezar. Una mujer curiosa. Una mujer parlanchina y enredadora. A Asier, de pronto, le entró prisa por marcharse. Y Txalupa selló la despedida:

—Mañana nos vemos.

Pero fue en vano. Más tarde, a solas, Joseba se sinceró con su compañero. No quería pasar otra noche al sereno ni en un panteón. ¿Miedo? Ninguno. ¿Entonces? Ya bastaba de incomodidades. A lo mejor la tal María Cristina les podía proporcionar alojamiento. La chica le había caído bien. Por eso, con astucia, sacó a colación el asunto de la pernocta.

—A ver dónde dormimos hoy. No podemos gastarnos toda la pasta en pensiones.

Una cama, una ducha y desayuno caliente al amanecer. Para Joseba, el paraíso. Y, desde un lugar agradable, pegar el salto a Euskal Herria y comenzar la lucha en las mejores condiciones. Su esperanza no se consumó. ¿Pues? Había un problema. María Cristina vivía de prestado en el piso de su amiga francesa. Ya veremos por cuánto tiempo. A veces discutían.

204

—Está enamorada de mí. Eso siempre complica las cosas. Le encanta meterme mano. Yo finjo unos orgasmos de aquí a Corea. Es chungo depender de otros. Ella me amenaza cada dos por tres con echarme a la calle. Yo os metería en el piso. No puede ser. Ya lo siento.

—A nosotros nos bastaría con dormir aquí, en la escalera.

—¿Y cuál es el problema? A Txalupa seguro que no le importa. ¿Te importa?

Txalupa negó resignado. Media hora más tarde, Asier y Joseba se instalaron en el descansillo. A oscuras, cada cual dentro de su saco, se comunicaban en voz baja. Por las rendijas de la puerta salían los gemidos de María Cristina. Gemidos de placer que a Joseba le parecían divertidos; a Asier, exagerados. Siguieron rachas alternas de risas y murmullos. Finalmente se hizo el silencio. Poco antes de las doce, se encendió la luz de las escaleras. Un vecino había entrado en el edificio. La luz se apagó por sí sola. No volvió a encenderse en toda la noche.

ELLA SALIÓ DEL ático muy temprano. Estaba todo oscuro. ¿Qué hora sería? ¿Las cuatro, las cinco de la madrugada? A tientas, siseando, los despertó. Que si no querían verse por la tarde. Antes no podía ser. Asier, soñoliento, recelaba. Que para qué. Ella dijo en susurros algo de organizarles el viaje a Euskal Herria. Había tenido una idea. Los quería ayudar. Camaradas. Y Txalupa le había hablado anoche de un zulo cerca de Zaragoza. Qué despierta estaba esa chica de madrugada. Asier volvió a preguntar. Joseba, más despejado, zanjó. Le parecía bien. ¿Cuándo podían verse? A las seis de la tarde. ¿Dónde? Si conocían tal sitio. Si conocían tal otro. No conocían nada. Pues entonces delante de la catedral.

—¿Dónde está?

—Jodo, pues preguntáis a la gente por la calle.

—¿Cómo se dice catedral en francés?

—Qué difícil me lo ponéis.

—No te preocupes. Ya te encontraremos.

A Asier le fue imposible conciliar de nuevo el sueño. Oía la respiración pausada de su compañero. ¿Cómo puede estar tan tranquilo? Sin dar las ocho, lo despertó.

—No me fío de esta tipa. Aparece de repente. Nos da una cita. Promete llevarnos a Zaragoza. ¿Qué pintamos nosotros en Zaragoza? No conocemos a nadie allí. ¿Y si todo es una trampa?

—Lo del zulo sonaba prometedor. Convendría hacerle unas cuantas preguntas a Txalupa.

—Dijimos que mujeres no. Traen problemas.

—Nos facilita el viaje. Nos lleva a un depósito de armas. ¿Qué más quieres?

—No me fío. ¿De dónde ha salido esta chica? ¿Quién es? María Cristina, vale. Pero... María Cristina ¿qué? ¿Tiene apellido? Y su padre, militar. ¿A ti no te huele mal todo esto?

—Hablemos con Txalupa. Luego decidimos con calma.

Dudaron si llamar al timbre. Asier pegó la oreja a la puerta. Silencio. ¿Lo despertamos? Joseba era partidario de esperar una señal. Por fin, tras largo rato, música y voces: el televisor. Los tres, de pie en torno a la mesa, tomaron un desayuno de pobres. Lo que había. Muy poco. Ni una mala galleta para untar, pero por lo menos café. Txalupa prometió víveres a la vuelta del trabajo, esto ya por la noche. Lo interrogaron. ¿María Cristina? Una buena amiga que le quitaba de vez en cuando las penas. Se habían conocido en el hotel. ¿Y la francesa de pelo corto? Una historia privada que no tenía por qué interesar a nadie. ¿Y el zulo cerca de Zaragoza? Que cómo se habían enterado.

—Nos lo ha dicho María Cristina. Para guardar secretos no vale.

—Ayer hablamos de vosotros. De cómo podríais pasar la frontera. Ella está dispuesta a convencer a su amiga. Tiene coche. Las dos suelen hacer excursiones los fines de semana. Le conté entonces lo del zulo. Habíamos recibido orden de actuar en Zaragoza. De esto hace más de quince años. Allá fuimos. Nos proporcionaron un piso alquilado por un colaborador.

Pasaban cosas raras en la zona. Para mí que la *txakurra-da* nos tenía localizados. Una tarde vimos tipos sospechosos cerca del portal. La cara de uno me resultaba conocida de otras veces. Tomamos la decisión de salir por piernas. Estuvimos dando vueltas en coche, perdidos. ¿Falsa alarma? Nunca se sabe. La seguridad es la seguridad. Con eso, pocas bromas. Fuimos de un lado para otro. Toda la noche. Para despistar, por si nos seguían. Paramos en un pueblo llamado Garrapinillos, no muy lejos de la ciudad. Y en dos bolsas de plástico, una dentro de otra, enterramos el armamento.

—¿Qué había dentro de las bolsas?

—Armas cortas, munición.

—¿Te acuerdas del sitio exacto?

—Estará todo oxidado.

—Eso habría que verlo. ¿Te acuerdas del sitio?

—Os haré un dibujo.

Se deshizo el *talde*. ¿Y eso? Percances de la lucha. Las armas quedaron enterradas en Garrapinillos. No las pudieron recuperar.

Txalupa se fue al trabajo. Asier y Joseba permanecieron en el ático. No las tenían todas consigo, sobre todo Asier, el más vacilante, el más desconfiado. Garrapinillos. El nombre no les sonaba. Según Asier, algo no cuadraba en la historia de Txalupa. Abrió, pensativo, la ventana. *Polita* se lo estaba pidiendo, maullante en el alféizar interior. La gata saltó al tejado. Nubes y claros sobre la ciudad de Toulouse. Asier:

—Estamos tú y yo como este cielo. Tú eres las partes azules; yo, las grises. Te veo muy crédulo. A mí me parece llena de nubes la historia de Txalupa. ¿A quién se le ocurre desprenderse del hierro? ¿No te estaban persiguiendo? Entonces, ¿con qué te defiendes? Ah, ¿que no te querías defender? ¿Así interpretas la lucha armada? Y la organización, ¿no manda a nadie a recuperar el material? Este amigo nuestro o es un cobarde o un saco de trolas. En una palabra, no me creo lo del zulo. Cada vez entiendo mejor la bajada de pantalones de ETA. Mogollón de mujeres, tipos con asma, caguetas a tutiplén, chavales imprudentes, mal preparados. Con semejante tropa, ¿cómo iba a triunfar la causa del pueblo vasco? En el GDG no ingresará cualquiera. Miraremos con lupa a cada aspirante. Mejor que seamos pocos, pero fiables.

—Insisto. Deberíamos viajar a Garrapinillos. Me ofrezco a ir solo.

—Sin mí no vas a ningún lado. ¿Qué hago yo mientras tanto?

—Esperas en Zaragoza.

—Zaragoza no significa nada para mí. Como si me dices la China o el Congo.

—Pues vamos juntos. No perdemos nada. Un poco de tiempo en el peor de los casos. En el sitio indicado por Txalupa echamos un vistazo y santas pascuas. ¿Que no hay armas? Pues seguimos nuestro camino.

—Este se quiere librar de nosotros. ¿No te das cuenta? Me acuerdo de una broma típica de Agirretxe. Vete al frontón. Busca a mi hermano. Dile que mañana a las diez. Tú ibas con el recado. Su hermano, por supuesto, no estaba en el frontón. Agirretxe lo sabía. Se lo pasaba en grande tomándonos el pelo. De paso, nos perdía de vista.

—Hablaremos esta tarde con María Cristina. A ver qué sacamos en claro.

ASIER ACUDIÓ AGRESIVO a la cita.

—Vengo con las mismas ganas que a una sesión de tortura.

Joseba callaba. Y María Cristina no aparecía. Por fin llegó, con veinte minutos de retraso. Adoptó, por añadidura, un tono perdonador.

—Os estaba esperando en la otra entrada. Da igual.

Vino con los labios pintados y sombra de ojos y olorosa. Demasiado para Asier, que se resignó al doble roce salutatorio de mejillas, mua, mua, con cara de dolor de muelas. Para compensar la hurañía de su compañero, Joseba exageraba la cordialidad.

A propuesta de María Cristina, se dirigieron al bar Le Sylène, allí enfrente. Asier alegó, antes de entrar, la escasez de recursos económicos suya y de su compañero. Las cosas como son. Si lo comprendía. Ella se ofreció a pagar las consumiciones.

—No queremos abusar. Te pagan poco en el hotel.

—Para unas cervezas con amigos me llega.

—En ese caso aceptamos.

Y una vez dentro del bar, Asier se fue lo primero de todo al servicio.

—¿Qué le ocurre?

—No está acostumbrado a tratar con mujeres. Le dan... No sé cómo explicarlo.

—¿Pánico?

—Dejémoslo en algo de miedo. Enseguida se le pasará.

Tomaron asiento a una mesa junto a la ventana. Tres cervezas. Ella aconsejó:

—Bebed despacio, ¿eh? Que nos dure la ronda.

Y sin perder tiempo en preámbulos arremetió contra Txalupa. Que si era un falso. Tío más egoísta no había visto ella jamás. Que la usaba con fines terapéuticos. Que el corazón de él latía por otra.

—¿Os ha hablado de ella? Una francesa muy mona. Esa relación es un cuchillo. Txalupa se lo hunde en las entrañas. Ñaca, ñaca, una y otra vez. Luego me llora a mí en el hombro. Para eso me necesita.

—¿Y entonces por qué vas a su piso?

—¡Qué pregunta, Asier, cariño! Pues porque tengo un orificio y deseos.

211

—Bueno, no hemos venido aquí a hablar de intimidades.

Ellos se abstuvieron de criticar a Txalupa. Lo tenían hablado por el camino. De cuestiones organizativas, estratégicas o de personal, ni una palabra.

—Que hable ella. A ver qué nos ofrece.

No la conocían bien. Por tanto, no se fiaban. Y aunque la hubieran conocido desde hace mucho tiempo. Cautela, esa era la norma. Asier sugirió la posibilidad de usar el encuentro para ejercitarse en la técnica de la negociación. Algún día tendrían delante a algún alto cargo del Estado. Así pues, nada de compadreo.

—En principio, todo el mundo es enemigo. ¿De acuerdo? O está bajo sospecha. ¿Comprendes? Al menos hasta que se demuestre lo contrario.

—Vale.

A María Cristina se le había formado un bigotillo de espuma.

—Según Txalupa, habéis fundado una organización. ¿Es verdad?

Asier y Joseba, a un tiempo, tendieron la mirada en rededor. María Cristina se dio cuenta. En voz baja pidió disculpas.

—GDG. Me tuve que reír en la cama. Grupo de Gandules. Eso decía Txalupa. Grandes Dedos Grasientos. Nos dieron las tantas inventando nombres. ¿No oísteis las carcajadas desde la escalera?

El uno:

—Teníamos mejores cosas que hacer.

El otro:

—Nosotros no jugamos. Lo nuestro va en serio. Autodeterminación y territorialidad. Después ya habrá tiempo para bromas.

Y Joseba añadió, no tan ceñudo ni tan mordedor de palabras como su compañero, que amnistía y salud, esto último levantando el vaso en señal de brindis. Ella:

—Pues por nuestra parte, dictadura del proletariado, palo y tente tieso a la oligarquía, ejército rojo y república. Así que navegamos en lanchas paralelas. Nos ayudamos. Hay que derribar las estructuras del franquismo, empezando por la monarquía. Ese camino lo recorremos juntos. Luego, en la bifurcación, os lleváis vuestra tajada, los catalanes la suya y nosotros cubanizamos el resto. A ver quién se atreve luego a mojarnos la oreja.

Teorizaron, revolucionarios, tranquilos, en buena sintonía. No hubo discrepancias. A Asier se le fue suavizando el gesto. Incluso asomaron a su semblante unas cuantas sonrisas. María Cristina lució conceptos de Marx, de Gramsci y otros. Y Joseba la secundaba llevando la conversación hacia la defensa de los derechos nacionales del pueblo vasco. Asier, por su parte, postulaba objetivos concretos. No le interesaba otra cosa. Los objetivos y el modo de conseguirlos. Todo lo demás le parecía secundario, a lo sumo materia de interés para futuros estudiantes.

Ella habría convidado a una segunda ronda de cerveza. Ellos: que aquello era mucho abusar. Y en esto, siete y media de la tarde, se les ocurrió salir a la calle a tratar el asunto del viaje, apartados de posibles oídos y miradas. En un banco de la plaza, delante de la catedral, María Cristina les transmitió su idea de la excursión en el coche de Brigitte y con Brigitte al volante. Un problema: era martes. Sí ¿y? Pues que habría que esperar al domingo.

—Brigitte y yo no podemos entre semana por motivos laborales. ¿Aguantáis hasta entonces?

—Si Txalupa nos da alojamiento...

—Txalupa os da eso y más. Yo me encargo. ¿Cuál sería el destino del viaje?

Y Joseba no lo dudó:

—Garrapinillos.

LOS DOS INTEGRANTES del GDG no permanecieron inactivos durante la semana. Txalupa les procuró una llave del ático y otra del portal. Eso sí, les pidió por favor discreción, mucha discreción. Que no estuvieran entrando y saliendo a todas horas para no despertar recelos en el vecindario. Ellos: que no hacían falta aquellas recomendaciones para parvulitos de la lucha armada. Se jugaban mucho. ¿Riesgos? Los mínimos y aun esos les parecían demasiados. Formaban una organización seria.

—No como otras.

Dormían en los sacos. Asier extendía el suyo dentro del ático. Joseba, por roncador, fuera. Tenían a su disposición la ducha y la lavadora. Quedaba de este modo invalidado el principal argumento de Joseba contra el ejercicio físico matinal. Ahora podían sudar sin mayores consecuencias. Lavándose ellos y lavando la ropa eliminarían fácilmente la suciedad y los malos olores. Joseba se tuvo que pensar otra réplica. Dos desconocidos, extranjeros para más señas, corriendo a diario por el barrio con indumentaria no exactamente deportiva, causarían bastante extrañeza. Asier dio la razón a su compañero. Ordenó sustituir las carreras por caminatas.

Dedicaban las mañanas a recorrer a pie los distintos barrios de Toulouse. Un día por aquí, el otro por allá, con un plano de la ciudad que les trajo Txalupa del hotel. A la vuelta, Joseba estaba obligado a mostrar su vientre. Asier cabeceaba en señal reprobatoria.

—Sigues gordo.

—Pero si me empiezan a quedar anchos los pantalones.

—¿No me crees? Mírate en el espejo.

Aprovechaban los paseos para hacer prácticas de guerrilla urbana. Se apostaba cada uno en el extremo de una calle. Al paso de un vehículo cualquiera, el uno hacía la señal convenida. El otro accionaba un detonador imaginario. Después intercambiaban impresiones siempre con la idea de ser más precisos y mejorar.

En parques y plazas ejecutaron a numerosos transeúntes. Antes de iniciar la acción, acostumbraban asignar a las víctimas responsabilidades políticas. Las identificaban con policías de paisano, con enemigos del pueblo vasco, con desertores de la organización y con chivatos. A continuación estudiaban el modo adecuado de acercarse al objetivo. Ensayaban por turnos el tiro a quemarropa o desde varios metros. También desde lejos pensando en que algún día dispondrían de fusiles provistos de mira telescópica. A Joseba se le ocurrió cambiar la pistola-mano por una de niños comprada en alguna juguetería. Simplemente para tener una sensación más real. Ah, vale. Fueron a una tienda pequeña. No sabían cómo preguntar. No lograron hacerse entender. Lo dejaron. Siguieron perpetrando ejecuciones a dedo.

Asier administraba con cuentagotas los fondos del GDG. Esa semana lo tuvo fácil. Las necesidades fueron pocas. Tabaco, alguna cosilla sin importancia y para de contar. Txalupa se encargaba de llenar la nevera. En sus ratos libres iba al supermercado del barrio. No sufragaba caprichos lujosos. Tampoco escatimaba. Y a diario hurtaba alguna que otra pieza comestible en la cocina del hotel.

A la generosidad de Txalupa se sumaba la de María Cristina. Ella solía aparecer a media tarde en el ático. Acompañaba por las calles del centro a los miembros del GDG. Los invitaba a merendar. El miércoles les costeó la entrada del Museo de Historia Natural. El jueves los llevó a las Galeries Lafayette. Allí les compró ropa y zapatillas deportivas, ni caras ni baratas. De buen ver, como ella decía.

—Esto ya es otra cosa. Parecíais mendigos.

Ella elegía prendas, modelos y colores. Ellos, mudos, sumisos, pero libres de escrúpulos desde que María Cristina les había revelado la procedencia del dinero: Brigitte.

—No os preocupéis. Gana un montón. Tengo acceso a su cuenta.

—Pero te pedirá explicaciones. ¿Qué le vas a decir?

—Esa me pide otras cosas.

Y luego, cargados con las bolsas de la compra, se fueron a tomar unas cañas a una terraza de la Place du Capitole, de nuevo a costa de Brigitte. Al día siguiente, viernes, María Cristina, abrazadora y besucona, llegó al ático con una bandeja de pasteles. Bueno, y con sus risas y su vestido ligero a pesar del tiempo fresco y su parla incesante y atosigadora. ¿Qué hacemos hoy? ¿Adónde vamos? ¿Qué os gustaría? Vio los calzoncillos deshilachados y los calcetines viejos de Asier y Joseba puestos a secar en el colgador. No supo si reír o llorar. Eso dijo. Llevó sin demora a los dos

217

militantes del GDG de nuevo a las Galeries Lafayette. Se fue directa a la sección de ropa interior de caballeros. Ellos, corderitos silenciosos, la siguieron a corta distancia.

Por la noche, en el ático, se lo contaron a Txalupa. La vergüenza que habían pasado. Ella hablando por ellos en francés a la dependienta. Ella manoseando las prendas íntimas; recomendando algunas de colores que a Asier, al pronto, le parecieron trajes de baño; ah, y haciéndoles preguntas como de mucha confianza.

El uno:

—Ni Karmele conoce mi talla de calzoncillo. Pues ella, sí.

El otro:

—No me canso de repetirlo. Las mujeres son por naturaleza invasivas. Enredan. Se entrometen. Debilitan.

Y Txalupa:

—Creedme. No resulta fácil sacarse a María Cristina de encima. Es buena persona. Os lo aseguro. Pero muy pegajosa. O, como has dicho tú, invasiva. Se me presenta aquí en cualquier momento. A hacerme compañía, dice. Porque me ve triste. Porque no tiene con quién rajar en castellano. Vive con una lesbiana más fea que Picio.

—A la que despluma.

—Tiene permiso. Allá ellas.

Sentados en el suelo, los tres camaradas compartían una botella de Ricard sustraída por Txalupa de la despensa del hotel. Echaron unas partidas de tute. De vez en cuando, Asier y Joseba salían a fumar al descansillo en consideración al asma de Txalupa. Los tres amigos estuvieron pimplando licor, jugando a cartas y hablando de María Cristina hasta las tantas de la madrugada.

LA VÍSPERA DEL viaje, Txalupa intentó por última vez disuadirlos de la idea-locura-insensatez de reactivar la lucha armada. Sin medios, sin apoyo popular ni la aprobación de nadie. A su juicio, estaban a punto de cometer un grave error. La izquierda *abertzale* sería la principal perjudicada. Al primer tiro, el Estado español aprovecharía para aumentar la represión. Que recapacitasen. Los tiempos habían cambiado. Los objetivos persistían. Los objetivos eran sagrados. No había habido renuncia alguna por parte del Movimiento de Liberación Nacional Vasco, sólo un cambio de estrategia. Se trataba de impulsar un escenario de paz y utilizar en adelante vías exclusivamente políticas y democráticas. La lucha armada ya no servía. Sirvió en el pasado, ahora ya no. Que se diesen cuenta. Había que aglutinar fuerzas en torno al proyecto de una Euskal Herria libre, fomentar la desobediencia civil y levantar una muralla popular. Había que organizarse en un partido político para la intervención institucional. Había que construir una alianza de fuerzas soberanistas y pensar en los compañeros encarcelados. Había que otorgar un papel clave a la comunidad internacional con vistas a una futura negociación. Había que. No le hacían caso. Querían a toda costa el plano de Garrapinillos. Se impacientaban. Ponían los ojos en blanco. Que les estaba haciendo perder tiempo. Al fin Txalupa, resignado, se sentó a la mesa. Hizo el plano en una hoja de papel. Los llamó chalados. Se fue a trabajar.

Asier puso en funcionamiento la cafetera. Joseba se hizo cargo de las tostadas.

—Se equivoca. Para empezar, no estamos solos. Pronto se sumará más gente. Algún día el GDG pondrá de rodillas al Gobierno de Madrid. ¿Cuánto te juegas? Entonces Txalupa presumirá de habernos conocido.

—Tiene miedo. Ya le oíste ayer. Nos detendrán. Nos reventarán la cara a hostias en los sótanos de un cuartelillo. Diremos su nombre. Eso le preocupa. Con tipos así no hay victoria posible.

A propuesta de Joseba, decidieron dedicar la mañana a preparativos. Nada de ejercicio físico, pues. Tras el desayuno, estudiaron el plano. La cosa parecía clara. Deberían hacer una fotocopia, pero ¿dónde? Decidieron reproducir con la mayor exactitud posible el dibujo y las instrucciones. Por si las moscas. Cada uno llevaría durante el viaje una copia.

De atardecida conocieron a Brigitte. Más alta que ellos, pelo corto, gafas de pasta negras. Una torre delgada de mujer. María Cristina hizo las presentaciones junto a la barra del bar Du Matin, en la Place des Carmes. Al parecer las dos vivían en una calle cercana, hacia la parte del río. Se notó entre Brigitte y los militantes del GDG, desde el principio, desde la primera mirada, una cordialidad distante, tirando a fría. Se dieron la mano blandamente sonrientes, quizá recelosos, desde luego tímidos. María Cristina, qué seria esa tarde, irreconocible, profesional, hacía de traductora. Brigitte no hablaba castellano o muy poco. ¿O se negaba a hablarlo? Porque ellas se habían conocido en Zaragoza, ¿no? Eso, claro, no significa nada. Un poco rara era la chica, pero no fea. En este punto Txalupa no llevaba razón. Tampoco era una belleza. Estaba bien con su aire intelectual y sus rasgos finos y pálidos, salpicados de pecas. Según Joseba, esa mujer necesitaba urgentemente cuatro chuletones de buey a la brasa.

Los cuatro tomaron asiento a una mesa. Brigitte pidió té verde. Miraba atenta, silenciosa, a los presentes, sin participar apenas en la conversación. ¿Y la sonrisa del principio? Ni rastro. En un momento dado posó la mano sobre una de María Cristina. La reunión duró poco más de media de hora. Quedaron citados para el día siguiente a las ocho de la mañana ante el portal de Txalupa. María Cristina le arreó un pequeño golpe a Asier en el muslo, por debajo de la mesa. Este bajó la mirada. Ella le alcanzó a escondidas un billete de veinte euros. Asier entendió. Pagó la cuenta. Las dos mujeres salieron a la calle cogidas de la mano.

Asier y Joseba abandonaron el bar un rato después. Intercambiaban por la calle comentarios acerca de la amiga de María Cristina. Había oscurecido. Al día siguiente tenían que madrugar. Decidieron recogerse. La tal Brigitte no les había causado una impresión especial. Alta o baja, gorda o flaca, a ellos, la verdad, sólo les interesaba una cosa. Que los llevara en su coche a Zaragoza y punto. Así hablando se encaminaron a la vivienda de Txalupa. Pasaban unos minutos de las nueve de la noche. Por lo visto había habido partido de fútbol. Se veían grupos de jóvenes vociferantes en la vía pública, con camisetas, bufandas y banderas blancas y violetas. Ellos, por acortar, habían enfilado el Boulevard du Maréchal Juin. Iban fumando. Últimamente fumaban más. Se lo podían permitir debido a la generosidad de María Cristina. La masa futbolera les venía de frente, recién salida del estadio. Todo ocurrió en un santiamén. Alguien les dirigió la palabra. ¿Quién? Ese chaval fuertote acompañado de diez o doce de la misma calaña. Igual sólo quería un cigarrillo. Vete tú a saber. Asier dijo algo en señal de disculpa. Lo dijo, grave error, en castellano. El primer puñetazo le causó más sorpresa que dolor. Lo recibió de lleno en un pó-

222

mulo. También a Joseba le llovían golpes de todos lados. ¿Qué pasa? ¿Por qué les pegan? ¿Por qué los insultan? ¿Y esas risas? Los dos militantes del GDG, rodeados de matones, se desplomaron uno al lado del otro. De pronto, les cae otro tipo de lluvia; esta, sí, líquida, además de fresca y reparadora. La pandilla juvenil, vestida con los colores del Toulouse FC, se alejó canturreando y dando voces y alaridos con ronco jolgorio. Asier sangraba por la nariz. A Joseba le costaba respirar. Necesitó la ayuda de su compañero para ponerse de pie.

El zulo de Garrapinillos

METIERON LA ROPA en la lavadora nada más llegar al ático. Sin pérdida de tiempo se ducharon. A la mañana siguiente, la ropa no se había secado del todo. Y Txalupa, ¡con cuántos aspavientos de compasión los recibió! ¡Cómo se esforzaba por levantarles el ánimo! Justo él que estaba decaído, con penas de amores. Examinó el pecho de Joseba, la cara hinchada de Asier. Y, consolador, amigo sincero, ofreció a cada uno un tazón de sopa de sobre. Aprovechó para criticar la violencia gratuita, mostrándose partidario de prohibir el fútbol. Sugirió la posibilidad de acompañar a sus amigos en un taxi a urgencias. Había un hospital a cinco minutos en coche. ¿Quién paga? Y si piden papeles, ¿qué? ¿Y si ordenan el ingreso? Menudo lío. Así que no. En caso de problema grave, ellos preferían recibir atención médica al otro lado de la frontera. Al menos allí se podrían comunicar con el personal sanitario.

Asier y Joseba durmieron fatal. A eso no se le puede llamar dormir. Joseba se acostó en el suelo del descansillo, solo, abandonado a su suerte. No pudo pegar ojo en toda la noche. Sentía un dolor intenso, pero discontinuo, en la caja torácica.

—Sólo cuando me muevo.

—Pues no te muevas.

Respiraba encogido de pecho, como a pequeños sorbos. En el saco de dormir no encontraba una postura aceptable. Todas le resultaban dolorosas. Si se tumbaba de lado, mal. Boca arriba, peor. Boca abajo, imposible. Su sospecha: una costilla rota. O dos, quién sabe. Razón de más para ir al hospital, según Txalupa. Él: que no y que no.

Asier tampoco había podido descansar. Quizá un poco. No estaba seguro. A su llegada al ático le ardía un lado de la cara. Pidió hielo a Txalupa antes de acostarse. No había. Entonces rascó con las uñas un polvillo blanco y frío de las paredes del congelador. Lo aplicó a la zona dolorida, pero como si nada. Se derretía al instante. Se tuvo que aliviar con cosas frescas de la nevera: la caja de leche, el tarro de mermelada, unas lonchas de jamón cocido y vuelta a empezar con la caja de leche. Por la mañana se despertó con un hematoma en el pómulo.

Txalupa se había levantado temprano. Trajo bollos de distintas clases y cruasanes. Creía haber averiguado la causa de la agresión. El Toulouse había empatado a uno su partido de liga contra el modesto Lorient. Con un resultado así la gente sale frustrada del estadio. Los más fanáticos se resarcen haciendo daño a otros. Un extranjero es la víctima ideal. ¿Qué es un extranjero para estos brutos? Un advenedizo, un intruso en inferioridad de condiciones. Aún peor, un invasor al que hay que expulsar de la ciudad. Lástima de energía perdida en actos negativos. Y el capitalismo lo sabe. No sólo lo sabe. Lo permite. Lo fomenta.

Asier se asustó.

—¿No nos habrán sacado a este y a mí con foto en el periódico?

—Qué va. Lo vuestro de ayer pasa a menudo. No es noticia.

Teórico, disertador, Txalupa puso huevos a hervir. El fútbol es hoy día el opio del pueblo. Más que la religión. Crítico con el «podrido sistema democrático», preparó bocadillos para sus compañeros. Con bollos tiernos y crujientes. Bocadillos de esto, de lo otro y del jamón cocido con el que Asier había tratado anoche de mitigar el dolor. Y con una cuchara sacó los huevos de la cazuela.

Por la ventana se veía el cielo parcialmente nublado. *Polita* maullaba mimosa, inquieta, con la cabeza pegada al vidrio, como queriendo atravesarlo. Txalupa entendió la súplica. Abrió la ventana para dejar salir a la gata. Penetró en el ático una ráfaga de aire matinal. De ahí a poco el desayuno ya estaba servido, más abundante que de costumbre: café, fruta, cruasanes, miel, mermelada, huevos duros. En consideración a su penoso estado, a Joseba le fue cedida la única silla. El dolor no mermaba su apetito. Los otros, bromistas, lo acusaron de estar fingiendo. Él masticaba con la mirada gacha, apático, en silencio. Y a todo esto, Txalupa depositó sobre la mesa dos billetes de cincuenta euros.

—Aquí tenéis una contribución para gastos del camino.

Asier se embolsó el dinero. Pronunció palabras escuetas de gratitud. Tenía una espina clavada.

—Mejor nos habría venido la Browning.

—Imposible. Sería apoyar una estrategia equivocada. No apruebo vuestro plan. Lo sabes.

—Pero nos has dado cien euros.

—Para comer dos o tres días. Los que va a tardar la Guardia Civil en echaros el guante.

—¿Y qué tal si nos prestas la pistola para una acción? Sólo una, te lo juro. Luego te la traemos. No tienes ni que moverte de casa.

—¿Y cómo me suicido yo mientras tanto?

—Con ese asunto, pocas bromas.

—¿Quién bromea?

No se pusieron de acuerdo. No hubo Browning. Tampoco discusión. Asier estaba seguro de encontrar armas tarde o temprano. No empezarían con carros de combate, eso no. Pero una pistola, bah, te la vende cualquiera.

—Os veo tan verdes y tan ingenuos... No tenéis la menor idea de lucha armada. Os van a llover hostias de todos lados, empezando por las de los nuestros.

Al poco rato, sonó el timbre. María Cristina llegó al ático dando alaridos festivos. Que bajase la voz. Podía molestar a los vecinos. Ella cambió de gesto al ver las caras serias y el hematoma de Asier. Le explicaron.

—¿Después de dejarnos a nosotras?

—Ni veinte minutos habían pasado.

Si estaban en condiciones de viajar. Todas las miradas se concentraron en Joseba, sentado a la mesa. Joseba seguía desayunando. Serio, mudo, hizo una mueca afirmativa. Entonces María Cristina los apremió a bajar a la calle. Brigitte esperaba sentada al volante. Habría que tener un poco de tacto con ella, ¿eh? Estaba rara. Igual por la regla. Con Brigitte nunca se sabía. María Cristina se fijó en los bocadillos. Chascó la lengua en señal de disgusto. Ella había preparado otros. Aun así también se llevarían estos. Txalupa cargó con las mochilas; María Cristina, con los sacos de dormir; Asier, con la bolsa de las provisiones. Joseba bajó las escaleras comiendo un plátano. En la calle, junto al coche de Brigitte, Txalupa deseó mucha suerte a sus compañeros. Después los abrazó. Casi llora.

COLOCADOS LOS BULTOS en el maletero, Asier y Joseba se acomodaron en los asientos de atrás. Brigitte no salió del coche a recibirlos. De víspera habían rozado mejillas. Hoy, frialdad, distancia. Esa mujer tiene un cuello extrañamente delgado. Las manos en el volante, respondió al saludo de ellos con un sonido bucal apenas audible. Durante varios minutos no dijo ni Pamplona. Conducía callada, a la manera de los taxistas reacios a trabar conversación con sus clientes.

El coche, un Peugeot 207, olía a nuevo. De pronto, ante un semáforo en rojo, los labios de Brigitte buscaron impulsivos, con pasión violenta, la boca de María Cristina. Asier le llamó a Joseba la atención con un golpecito en el muslo. Joseba, amodorrado, entreabrió los párpados. Miró impertérrito. María Cristina se volvió un instante hacia ellos con los ojos en blanco, como diciendo: paciencia. Todavía en Toulouse, Brigitte por fin dijo algo. María Cristina tradujo.

—Que si queréis escuchar música.

—No, deja.

Al poco rato pararon a repostar. Brigitte, blusa blanca, gafas de sol, sostenía la manguera mirando los números veloces del surtidor de combustible. Dentro del coche, cerradas las ventanillas, los tres aprovecharon para hacer tertulia de susurros.

—¿Qué le pasa a tu amiga? Ayer nos pareció más comunicativa.

—Funciona a rachas. Tan pronto está eufórica como

232

baja de ánimo. De repente llora. De repente ríe. Con ella nunca se sabe. Igual le remuerden los celos.

—¿Celos?

—Es muy posesiva. Seguro que piensa mal de mí. No sé. Que me he metido en la cama con uno de vosotros. O con los dos.

Brigitte dio golpes de nudillo en la ventanilla. María Cristina no pudo evitar un sobresalto. Las dos mujeres conversaron unos instantes en francés. A decir verdad, sólo hablaba Brigitte. María Cristina se limitaba a asentir. Se volvió hacia ellos. Que si podían colaborar en el pago de la gasolina.

—¿No le explicaste que...?

—Sería el momento de tener un detalle con ella.

Joseba intervino, zanjador.

—Dale un billete de Txalupa.

Y así lo hizo Asier con gesto de contrariedad. ¿Brigitte? Ni bien ni gracias. Cogió el billete de cincuenta. Espigada, frágil, se fue a pagar.

—La pobre tuvo una infancia de telenovela. Una madre como un témpano de hielo, un padrastro que abusaba de ella. Para mí que arrastra un trauma. A los hombres no los puede ver ni en pintura. La palabra odio se le queda pequeña. Hoy, vosotros, calladicos y educados, ¿eh? Nada de bromas ni de preguntas indiscretas. Nosotras, por la tarde, regresaremos a Toulouse. Vosotros os quedáis a lo vuestro, ya tranquilos en Zaragoza. ¿Vale?

233

Brigitte se acercaba, alta, inexpresiva. Asier fue incapaz de contener la curiosidad.

—¿A ti te gusta esta mujer?

—A mí me gustas tú, Asierito.

—No, en serio.

—En serio hablo.

Asier se volvió hacia su compañero.

—Esto se nos va a escapar de las manos.

Pero Joseba, dolor, fatiga y sospecha de alguna costilla rota, no prestó la menor atención. Prosiguieron el viaje. Y enseguida Brigitte, sin consultarlo con nadie, conectó la radio. El coche se llenó de música alternada con anuncios publicitarios. Se sucedían los kilómetros. Comenzaron las cuestas. Campos verdes, arboledas y, al fondo, la larga y azulada silueta de los Pirineos. También Asier intentó echar una cabezada.

A veces, de subida al túnel de Bielsa-Aragnouet, atravesaban bancos de niebla. Se veían acumulaciones de nieve en los ventisqueros. Y la carretera mojada, sin apenas tráfico. El tiempo mejoró al otro lado del túnel. Menos nubes, nada de niebla. Se detuvieron en una pequeña explanada. Ellos atacaron sendos bocadillos. Las dos mujeres, cogidas de la mano, se adentraron en una zona boscosa. María Cristina le había susurrado un poco antes a Asier al oído:

—No le gusta ver masticar. Además, nos estamos meando.

Asier y Joseba comían con apetito. Por ahí abajo corría el agua rumorosa de un arroyo. Montes en rededor, pendientes escarpadas y rocas.

—Estamos pisando suelo español. Joseba, compañero, choca esos cinco. La guerra ha empezado.

Pensaban fumar un cigarrillo, pero:

—Ahí vienen esas.

Venían, sí, ya no cogidas de la mano, sino separadas varios pasos la una delante de la otra. Brigitte se montó en el coche sin decir una palabra. Con la yema de un dedo, María Cristina se enjugó una lágrima. Le temblaba la voz.

—Cuando queráis.

—¿Problemas?

—Me ha quitado la tarjeta del banco.

En torno a la una de la tarde, pararon de nuevo. No en una gasolinera. No en las proximidades de un bar. ¿Dónde? Allí, en el arcén, en medio de ninguna parte, enfrente de una nave industrial de nueva planta. Se veían, próximas, las primeras casas de Huesca. ¿Y para qué han parado? María Cristina anunció:

—Fin de viaje.

Los tres se apearon. Joseba, lento, encogido de torso. María Cristina ayudó a Asier a sacar los bultos. Cerró el maletero con un golpe furioso. Al ponerse en marcha, el coche emitió un chirrido de neumáticos. No hubo despedida. Unánimes en la extrañeza, Asier y Joseba vieron alejarse el Peugeot 207 a gran velocidad en dirección a Francia. María Cristina mascullaba juramentos. Después dijo, despechada:

—No voy a llorar ni media lágrima. Andando, *gudaris*. Huesca nos espera. Allí cogemos el autobús. En una hora estamos en Zaragoza. A lo mejor pillo esta tarde a mi hermana en su casa. La sorpresa que se va a llevar. Le pediré prestada la llave de un piso vacío de la familia. Allí nos podremos refugiar al menos por una noche. O dos. Ya veremos.

LA ESTACIÓN DEL tren y la de los autobuses están juntas. Asier insistió en comparar precios y horarios. El autobús salía antes. El tren resultaba más barato. Eligieron el segundo. Eligió Asier. Joseba y María Cristina no pusieron objeciones. Total, les daba igual la hora de llegada a Zaragoza. A Garrapinillos irían al día siguiente. Ahora disponían de dos horas largas antes de emprender el viaje. Una buena ocasión para comer otro bocadillo y echar un trago. Acababan de tomar asiento en un banco del andén. De pronto, ¿qué sucede? Dos guardias civiles salieron del vestíbulo de la estación. Conversaban. Uno, con barba y gafas de sol, se reía. Y pasaron de largo. Asier se puso nervioso.

—Vámonos de aquí.

236

Conocedora de la ciudad, María Cristina propuso dirigirse al parque Miguel Servet, no lejos de la estación. Allí podrían comer con total tranquilidad y hasta echar una siesta a la sombra de los árboles. Fueron. Asier, por el trayecto, confesó. El corazón le había dado un vuelco al ver de cerca los uniformes. Y se lamentaba, malhablado. De haber tenido a mano la Browning de Txalupa, a los dos picoletos se les habría congelado la sonrisa «en la puta cara». María Cristina le arreó una palmada en el trasero.

—Un poco de poesía, camarada, que estás en mi tierra.

Encontraron un banco libre, sin gente a la vista. No andaba María Cristina con ánimo de ingerir alimentos. A Asier le temblaba el bocadillo en la mano. Que se calmase. Ella le examinó el hematoma, su cara a pocos centímetros de la hinchazón. Que no se moviera. Asier masticaba, gruñón, dando golpecitos impacientes, rítmicos, con la punta del zapato en el suelo. Y como remate del examen ocular, María Cristina estampó un beso en el centro mismo del hematoma.

—Ya te he curado.

Los dos militantes masticaban con la mirada fija en el respectivo bocadillo. Ella, sentada en medio, agarró a cada uno de un hombro. De manos a boca, se declaró *abertzale*. La miraron hoscos, suspicaces. ¿Otra broma? Aclaró: *abertzale* aragonesa. ¿No entendían

237

o qué? Y como prueba de su fervor patriótico, se arrancó en medio del parque con una jota:

Quien va por la carretera,
mesonera de Aragón,
quien va por la carretera
llega siempre a mi mesón
por ver a la mesonera,
por ver a la mesonera,
mesonera de Aragón.

Acto seguido, les pidió una canción en euskera.

—Estamos comiendo.

—Qué vascos más flojos.

—No queremos llamar la atención. Nos puedes causar problemas con tu comportamiento. Te recuerdo una cosa. Joseba y yo no somos un grupo folclórico, sino una organización clandestina.

—Huy, qué miedo. El GDG. Me lo sé todo de vosotros. Lo que se reía Txalupa contándomelo la otra noche.

No les hacía gracia a Asier y Joseba la guasa de María Cristina. Le mostraron reprobación duros de gesto, enfadados de cejas. Los tres permanecieron un buen rato callados, ellos afanándose en la masticación, ella bisbiseando para sus adentros. De pronto elevó el tono de voz:

—No pienso volver a Toulouse en toda mi vida.

Se acabó llorar por esa cerda. Si quiere mandarme mis pertenencias en un paquete postal, bien. Si no, también. Las bragas seguro que no me las manda. ¿Sabéis? Le pone oler bragas ajenas. Os lo juro. Cuanto más cochinas, mejor. Yo nunca he sido lesbiana. Ni un minuto. Todo ese chupeteo de hembras me repugna.

—Pues vivíais juntas. Y os cogíais de la manita. Y en el coche bien que os habéis morreado.

—¿Tú qué sabes?

—Tengo ojos. Saco mis conclusiones. Pregúntale a este. —Se volvió hacia su compañero—. Joseba, di algo.

—A mí que me dejen en paz.

Se quedó María Cristina hablando sola. Que si el padre despótico trataba a sus dos hijas como a reclutas. Y además no tiene otro tema de conversación que el ejército. Que si la madre beata, sumisa como un caniche apaleado, pero en el fondo egoísta, dedicada de la mañana a la noche a asegurarse la salvación eterna. María Cristina tampoco dispensó a su hermana de una ración de reproches. Sus jaquecas desde niña, ¿qué? Con eso lo conseguía todo la preferida de papá. Una chantajista de tomo y lomo. Y se casó, naturalmente, por la iglesia, de blanco, con uno del ramo, el recién ascendido teniente Bermúdez, ahora capitán y algún día comandante. Hala, maña, a pasar por el aro y a fingir felicidad del hogar. Y luego, insomnio, fibromialgia, depresión. ¡Cómo me lloraba un día! Ay, hermanica. Ay, hermanica. Este hombre sólo me quiere para traer hijos al mundo. Tres le había hecho hasta la fecha. Y mi madre diciéndole que se encomendase a Dios y a la Pilarica. Ella la buena y yo la mala. Pues ahora, jódete. ¡Haberte rebelado como yo! Como yo, que me volví roja, atea y revolucionaria. Apareció Brigitte. ¿Vienes conmigo? Fui, qué leches. Ni siquiera me despedí de ellos. He estado meses en paradero desconocido. Ellos ya me conocen. No se habrán molestado en buscarme. Con desheredarme les basta. Prefiero que me bese las tetas una francesa con trastorno bipolar a vivir con una familia como la mía. ¿Te enteras, Asierito? A ver si aprendes a respetar.

—Bueno, ya vale.

María Cristina sollozaba, la cara entre las manos. Por no verla, Asier miraba hacia otro lado y su compañero, lo mismo. El domingo transcurría apacible, tibio, luminoso. Se notaban por todas partes las señales de la inminente primavera. Ella, aún llorosa:

—¿Nadie tiene un gesto de consuelo conmigo?

—¿Qué gesto quieres?

—Jodo, Asier. Que me abraces o algo así.

Asier, maquinalmente, la complació. Joseba, entretanto, metió la mano en la bolsa de los bocadillos. Asier lo atajó.

—Hasta la cena no se come más.

María Cristina, serena de repente, intercedió.

—Asier, que no se diga. Tiene hambre.

—Está gordo. La sobrealimentación va contra la disciplina. Míralo. ¿Protesta? No. Por algo será.

LA HERMANA DE María Cristina vivía en una casa de ocho plantas situada en el paseo de Sagasta. Allá fueron los tres, ellos con las mochilas; María Cristina, solidaria, compañera, con los sacos de dormir y la bolsa de los bocadillos. Entre pitos y flautas, y la caminata desde la estación, les habían dado las seis y pico de la tarde. Asier y Joseba, cansados, sudorosos, esperaron en la acera divisoria de las dos calzadas. Vieron a María Cristina apretar el botón de un timbre. Habló a continuación con la cara pegada al panel del portero automático. Le abrieron la puerta. Así pues, la hermana estaba en casa.

Joseba se deshizo en elogios con María Cristina.

—Esta chavala vale su peso en oro. Tiene iniciativa. Tiene ideas. Es la generosidad en persona. Tampoco ETA habría podido actuar sin un montón de colaboradores. Hoy por la mañana seguíamos tú y yo perdidos en Francia. Gracias a ella estamos ahora aquí. Cubrimos etapas. Avanzamos. María Cristina nos da mil vueltas en eficacia.

—Te las dará a ti. Dijimos: mujeres, en la organización, no. Pueden ser útiles. No lo niego. Y afectuosas y guapas. Pero tarde o temprano la pifian. Además, confundes eficacia con meterse a enredar. A esta le estamos dando demasiada cancha. No paramos de cederle espacios de responsabilidad y mando. Nos ha traído por un montón de calles. Igual había un camino más corto. Quién sabe. Nos podía haber llevado tranquilamente a una comisaría. Buenas tardes, agentes, les traigo de Francia a estos dos terroristas. Han fundado una organización. Son peligrosos. Nosotros, beeee, beeee, como ovejas detrás de ella al matadero.

—Nos ha guiado. Hay mucha diferencia entre traer y guiar.

—Me refiero a otra cosa. Estamos en sus manos. Hay que ir por aquí. Hay que ir por allá. Y nosotros, obedientes, por aquí y por allá. La organización al completo dirigida desde fuera por una persona que no conoce los objetivos, la estrategia, la jerarquía, las normas ni nada de nada. Joseba, esto no es serio. Tenemos que ser dueños de nuestros actos todo el tiempo. ¿Me entiendes? Fíjate en nuestra situación en estos momentos. Estamos esperando en una calle de algún lugar de Zaragoza, ¡de Zaragoza!, a una chica medio desconocida. Dependemos de María Cristina al cien por ciento. Nos la presentaron el otro día. ¿Qué sabemos de ella? Que canta jotas con voz de loro y poco más. Encima, hija de militar.

—Tu problema, Asier, es la falta de confianza. No te fías ni de tu sombra. Solos no podemos sacar esto adelante. Necesitamos apoyos. Tú mismo lo has dicho docenas de veces. Que sólo somos dos. Que pronto seremos más. Se nos une una compañera. ¿Qué haces tú? Lo primero de todo, cuestionarla. Gracias a ella tenemos grandes posibilidades de dormir hoy bajo techo. Nos podremos lavar. Podremos poner las prendas a secar. Mañana nos ayudará a ir a Garrapinillos. Nos ha facilitado el viaje de Toulouse aquí. Nos compró ropa. Ha roto con su pareja. Concho, ¿qué más quieres? Deberíamos estarle agradecidos.

—Vale. Pero en cuanto tengamos las armas, gracias y hasta nunca. Porque esta chica no es tonta. Esta va a lo suyo. El cuerpo le pide marcha. ¿No te has fijado? Se arrima. Toca. Habla con la boca aquí cerca. Si te dejas, allá tú.

—Yo me debo a mi Karmele.

—Pues en mí también va a encontrar un muro. Los países deberían estar divididos en dos zonas como los váteres públicos. Una zona para los hombres, otra para las mujeres. Se habilita en medio un espacio neutral como entre las dos Coreas, con cabinas para los acoplamientos carnales y adiós problemas. Después cada cual a lo suyo, sin mezclarse.

—Se viviría mejor en la zona de las mujeres. También allí olería mejor.

—Bobadas. En nuestra zona habría máquinas y

carreteras y edificios. ¿Quién construye todo a fin de cuentas? ¡Pero si hacen falta dos o tres tías para levantar un saco de cemento!

—En nuestra zona habría bandas y peleas. Mandarían los brutos. Aquello estaría lleno de suciedad, tipos desquiciados, alcohólicos y pajilleros. Desengáñate, Asier. Las mujeres son importantes. Son madres. Son compañeras. Saben razonar. Muchas de ellas son maestras en dar afecto.

—Te lo darán a ti. Las mujeres traen líos. No me vas a sacar de esa idea. Y en cuanto a madres, ahí tienes a la mía. Te la regalo.

—No, gracias. Ya tengo una. También tengo a Karmele.

—Seguro que piensas todo el rato en ella.

—Despierto, dormido, no paro. Y también pienso en mi hijo. ¿Qué cara tendrá? ¿Estará sano?

—Más te valdría concentrarte en lo esencial.

—¿Y qué es lo esencial?

—La lucha. Si no, ¿qué hacemos aquí?

María Cristina tardaba en volver. ¿Por qué tarda tanto? Una hora llevaba ya dentro del edificio. Asier, agorero, harto de ver pasar motos y coches, hacía cábalas. Una hora para buscar una llave le parecía demasiado tiempo. Poca eficacia es esa. Joseba barruntaba conversación entre hermanas, con preguntas de la una, con explicaciones largas de la otra. Normal, ¿no?, después de tantos meses sin verse.

244

—¿Qué tal el pecho?

—Mejor. De pie aguanto bastante bien. Por la noche, tumbado, veré las estrellas.

—¿Y mi cara? ¿Se me nota mucho el bulto?

—Se ve un poco rojo. ¿Te duele?

—Ya no tanto.

—Te habrá curado el beso de María Cristina.

—Te gusta provocar, ¿verdad?

—Tú eres muy provocable.

Bromeaban, discutidores. Discutían, bromistas. Y en esto, pasadas las siete de la tarde, María Cristina salió a la calle agitando pueril, alborozada, en el aire un llavero. Cruzó deprisa la calzada. Misión cumplida. Al parecer todo había ido bien. Las dos hermanas habían estado charrando por los codos. María Cristina confirmó. El piso seguía vacío. En venta, pero sin compradores a la vista. Conque decidieron ponerse en camino. ¿Estaba lejos? Bastante. A los pocos pasos, María Cristina exclamó:

—¡Mierda!

¿Qué pasaba? No, nada. Que su hermana estaba asomada a la ventana.

—Ahora ya lo sabe.

—¿Sabe qué?

—Que no estoy sola.

TENÍAN QUE IR a una calle llamada Río Cinca, en el barrio de La Almozara. María Cristina calculó: a buen paso, media hora más o menos. Si no sería mejor coger un taxi. Asier, por toda respuesta, inició la marcha con zancadas ostensivas de liderazgo. Más tarde, Joseba se lo echó en cara. Habría sido más prudente sacrificar unos pocos euros de la tesorería de la organización en vez de dejarse ver. ¿La razón del reproche? Por el camino, María Cristina se había topado con una amiga y el novio de esta. Besos rituales. Hola, hola, cuánto tiempo, etcétera. Asier y Joseba se apartaron. Demasiado tarde para impedir que los hubieran visto. María Cristina tardó cinco minutos, cinco eternos minutos, en reunirse con ellos.

—Tranquilos. Les he contado una mentira. Que sois unos conocidos de camino a Santiago de Compostela. Como tenéis pinta de peregrinos con las mochilas...

—El tipo parecía un guardia civil de paisano.

—¿Alfonso? No me hagas reír. Es dueño de una farmacia. Bueno, a medias con sus padres.

—¿Y por qué está de paseo en horas de trabajo?

—No se lo he preguntado. Tendrá turno de mañana.

A partir de aquel punto del trayecto, ella debía caminar una veintena de pasos por delante. Fue una decisión de Asier. Ellos también caminarían separados. Los tres juntos llamaban mucho la atención. ¿Cómo no se habían dado cuenta antes? Al cabo de un rato, María Cristina se detuvo junto a la entrada de un bar. Joseba se paró a su lado. Como a diez metros de distancia, Asier los miraba extrañado. María Cristina lo apremió por medio de señas a reunirse con ellos. Que qué pasaba. Pues que se moría de sed. Si alcanzaba el presupuesto para una caña. Asier, severo, se limitó a pronunciar la palabra *lujo*. Le salió como escupida de la boca. Joseba le recordó el dinero de la granjera. A continuación, secundó la propuesta de María Cristina. Dos contra uno: mayoría. Asier condescendió no sin lanzar una mirada furibunda a su compañero. Luego, dentro del bar, también bebió. Ansiosos de noticias, echaron un vistazo al *Heraldo de Aragón*. En el momento de irse, María Cristina aprovechó para robar el periódico. Yendo por la calle, les explicó:

—No habrá papel higiénico en el piso.

—Qué lista eres.

—¿Qué te creías, Asierito de mi corazón? No nací ayer por la tarde.

El piso de Río Cinca estaba vacío. Ni un mueble, ni un adorno, ni un aparato electrodoméstico. Nada. Tampoco lámparas. Asomaban cables del techo y las paredes, rematados en su correspondiente conector de plástico. En el cuarto de baño había ducha y lavabo. Eso era todo. Y el agua corría, sí, pero fría. Por lo demás, la vivienda tenía buen aspecto, con suelos de linóleo, de terrazo en el baño y la cocina, y las paredes relucientes. María Cristina, parlanchina, daba explicaciones no solicitadas. Su familia no había vivido nunca allí. Aconsejado por su yerno, el coronel lo compró de segunda mano. En principio, para alquilar. Con esa idea, lo adecentó. Al final decidió venderlo. Sin embargo, la crisis económica estaba haciendo pupa al sector inmobiliario. Y el piso del coronel estaba muerto de risa esperando comprador.

—Mi madre viene una vez al mes. Nada, a echar un vistazo y, si eso, a pasar la fregona. Le he pedido discreción a mi hermana. Según ella, mi madre, de momento, no vendrá. Anda con la ciática. Por ese lado, tranquilos. Confío en mi hermana. Prometió a mis padres ocuparse del piso. Ella tiene sus defectos. Yo tengo los míos. Lo importante, que no nos odiamos. Así que no se irá de la lengua. Mi padre me mataría. Es capaz de encerrarme en un convento. No os riais. Es muy antiguo de ideas y muy macho.

Asier y Joseba vaciaron las mochilas. Las prendas lavadas la noche anterior en el ático de Txalupa olían a humedad. Las extendieron por el suelo de la sala. A ver si aireándolas se les iba el olor. Si no, las tendrían que volver a lavar, pero ¿cómo? ¿En la ducha?

Acordaron echarse un cigarrillo. Si podían fumar. Ella: que por favor en la ventana y que tiraran la ceniza al patio. Por el tufo, que dura mucho, y para no dejar rastros. Eso dijo. Después se marchó al cuarto de baño. De ahí a poco se oyó correr el agua de la ducha.

248

Ellos expelían humo hacia las nubes rojizas del ocaso. Asier, quejoso:

—Manda huevos. Hasta para fumar hay que pedirle permiso.

Joseba andaba dándole vueltas a otro asunto.

—¿Te has fijado en un detalle? No hay camas.

—¡Vaya descubrimiento! Eres un genio.

—Tenemos dos sacos. Somos tres. Saca la cuenta.

—Pues hacemos turnos.

María Cristina apareció al cabo de un rato en el vano de la puerta. Desnuda, mojada, tiritando, preguntó:

—¿Vamos a salir por la noche? Si no, me seco con mi ropa.

TAMBIÉN ELLOS USARON la ropa para secarse. Sentados sobre uno de los sacos de dormir, desnudos, sin apenas verse en la creciente oscuridad, cenaron las últimas provisiones de la bolsa. Claro que podían haberse puesto los calzoncillos. A Joseba le pareció injusto. Ella, desnuda; ellos, cubriéndose las vergüenzas. ¿Qué camaradería es esa? Y Asier, pudoroso al principio, le dio la razón.

En caso de necesidad se alumbraban brevemente con la llama del mechero. En el corto lapso luminoso,

ellos lanzaban raudas miradas a los componentes ana-
tómicos de María Cristina. La chica, rasurada de pu-
bis, voluminosa de pechos, se quejaba de frío. ¿Por
qué no taparse todos con el otro saco? Dicho y hecho.
Estuvieron largo rato conversando arrebujados bajo
aquella especie de enorme capucha, María Cristina en
medio. Anocheció. Apenas entraban de la calle unas
hilachas de luz urbana. Estudiaron la posibilidad de
acostarse sobre un saco y usar el otro como manta.
Hicieron algunas probaturas sin buenos resultados. El
problema era Joseba. Su corpachón se llevaba casi la
mitad del espacio.

—Pues sí que estás gordo.

—Llevo meses diciéndoselo. Debería adelgazar entre diez y quince kilos.

Estas palabras, a Joseba, no le sentaron bien. Picado, dejó de participar en la conversación. Los otros
hablaban. De vez en cuando se reían. Se les notaba
a gusto unidos en la desnudez a oscuras. Y esas risas,
¿a qué se deben? Más que nada a las historias pican-
tes que contaba María Cristina acerca de las manías
y preferencias eróticas de Brigitte.

—Sólo me consentía pelo en la cabeza. Me obligaba a depilarme todo lo demás, también lo de abajo.

—¿Y tú por qué le hacías caso?

—Vivía en su casa. Comía de su despensa. En re-
sumidas cuentas, *c'est la vie*.

Y Joseba, sentado un poco aparte, guardaba silencio. De pronto buscó a tientas el periódico. Le arrancó unas hojas. Y en el sonido de la rasgadura se notó un ris ras de mal humor. Joseba se fue al cuarto de baño. A la vuelta, exigió su saco. Los otros se tuvieron que levantar. Que qué mosca le picaba. Necesitaba descanso. Tenían, además, previsto madrugar. Joseba se acostó en la habitación contigua. Solo.

—Para no molestar —dijo con voz cortante, seca. Y se marchó de la sala sin dar las buenas noches.

María Cristina volvió a quejarse de frío. Alargó un brazo hacia Asier.

—Se me ha puesto la carne de gallina. Toca.

Asier le propuso vestirse con alguna de las prendas esparcidas por el suelo. Ella declinó el ofrecimiento. Le desagradaba el tufo a humedad «de aquellos zarrios». Prefería el frío. Y concluyó:

—Vamos a tener que meternos juntos en el saco. ¿Cabemos?

—Apretados, sí. Sin querer los compramos de tamaño XL.

Primero entró María Cristina. A Asier le costó cerrar la cremallera. A ella le entró la risa.

—¿Qué haces?

—Ponerme de costado.

—¿Vamos a dormir culo con culo como los matrimonios desavenidos?

—Pues no cabemos.

—Y con tu erección, menos.

—¿De dónde sacas lo de la erección?

—¿Yo? Ni idea. Pregúntale a mi cadera. Ella te dirá.

—Estas cosas los hombres no las podemos controlar.

—A lo mejor no hace falta controlarlas. Es mi opinión.

—Tú opinas mucho. Menudas sois las mujeres. Siempre os salís con la vuestra.

—Asierito de mi vida, estás hecho un líder. En serio. Ahora, como amante, te queda mucho por aprender.

—Ah, ¿sí? Y tú vas a darme esta noche una lección.

—Si no hay más remedio...

Tontearon, juguetones. Intercambiaban indirectas y picardías, María Cristina más atrevida, más ágil, más locuaz. Pero Asier se defendía bravamente con malicia tosca. Ya ella se aplica a enardecer al varón con labios y dedos diestros. Él besuquea, manoseador, amagando mordiscos. Se llenó el saco de calor, los cuerpos excitados, sudorosos, conformes en la refriega erótica. Y acabados los preámbulos sensuales, del abrazo pasaron a la fusión. María Cristina pidió en susurros suavidad. Para no acabar demasiado pronto, dijo. Asier, complaciente, sacudía cadencioso. Al poco rato se corrió sonoro de jadeos. Y, agradecido, se permitió tasar favorablemente el coito. Ella, húmeda de entrepierna, lo pinzó a él con fuerza entre sus muslos. Y con deseo declarado, sin disimulo de su lujuria, terminó de satisfacerse restregándose contra una rodilla firme, dura, de Asier.

Compartieron un cigarrillo poscoital. Que no se enterase Joseba. Fumaron con la ventana cerrada por el peligro de resfriarse. ¿Y las huellas? Al día siguiente ventilarían la sala. Ella:

—Me da penica Joseba.

—Le has llamado gordo. Eso le habrá dolido.

—Tú también se lo dices.

—Pero yo soy el jefe. Entonces él lo acepta. Como llamada al orden, ¿comprendes?

—Mañana le pediré perdón.

Siguieron conversando en voz baja hasta la medianoche, embutidos en el saco, abrazados. Por la ventana se veían dos o tres estrellas. Qué tranquilidad. No por largo tiempo, replicó él. Pronto empezaría la acción.

—No os cebéis con mi ciudad, ¿eh? En Zaragoza tengo muchos amigos, gente buena. ¿Qué piensas?

—Que es hora de dormir. Mañana hablamos.

QUE TENÍAN QUE hablar. Voz cortante, entrecejo fruncido. De amanecida, a Joseba aún le duraba el enfado. Bien, que hablase. A solas, sin ella delante. Seco de garganta, nublado de somnolencia, Asier propuso la cocina. No. El cuarto de baño. Tampoco. Bajaron a la calle. María Cristina se quedó en el piso con el semblante ensombrecido por la mala conciencia. Serían como las siete de la mañana. Los dos militantes del GDG echaron a andar sin rumbo. Un parque apareció de ahí a poco ante su vista, sin apenas gente en la hora temprana. Árboles, bancos, hierba rala y, al fondo, una mujer con un dálmata husmeador de la tierra.

Joseba fue el primero en tomar la palabra.

—Así pues, yo no puedo ponerme en contacto con Karmele. No le puedo escribir. No le puedo llamar por teléfono. No sé nada de mi hijo. ¿Nació bien? ¿Vive? ¿Cómo se llama? ¿Es una niña?

—Te has levantado melancólico.

—Ni melancólico ni leches.

—¿Qué intentas? ¿Darme el día?

—En los meses pasados, me has contado muchas veces tus historias familiares. No me parecen más interesantes que las mías. Tu madre insensible, tu padre que prefería el bar a los hijos. Me las sé de memoria. Y a menudo estabas al borde de llorar.

—Llorar, ¿yo?

—Por supuesto. ¿O te crees de piedra? Nadie está libre de sentimientos. Unos nos debilitan, sí. Otros nos hacen fuertes. Yo no lucho por luchar, sino por cosas concretas y, qué cojones, también sentimentales.

—No grites.

—No grito.

—Te van a oír.

254

—Amo a mi tierra, a mi gente, a nuestra lengua y nuestras tradiciones. ¿Por qué estoy aquí, si no? A mí me exiges disciplina. Tú, con esa palabra, lo arreglas todo. ¿Que llueve? Pues disciplina. ¿Que caen rayos? Venga disciplina. ¿Pretendes ser para mí lo que tu madre para ti?

—Deja ese asunto. No viene al caso.

—Claro, te rompe el alma. Estas son palabras tuyas. Las dijiste una vez en la granja y otra en la catedral de Albi. ¿Ya te has olvidado? En cambio, yo tengo que tragarme las emociones. Distraen de la lucha, según tu teoría. Así pues, yo estoy sometido a la disciplina las veinticuatro horas del día. Y tú, ¿qué haces? A las primeras de cambio te echas un ligue. No querías mujeres en la organización. Son enredadoras. Arman líos. Pues ya has metido a una. Dicho de otra forma, has antepuesto lo personal a los imperativos de la militancia. Justo lo que me prohíbes a mí.

—Para empezar, yo no he metido a nadie en la organización. Había que dar las gracias a María Cristina. Tú mismo lo dijiste. A ti sí que se te olvidan tus palabras. Los dos aceptamos de buena gana su colaboración. Nos ha hecho favores. Ayer te fuiste de la sala. Me dejaste solo con ella. Ahora ponte en mi lugar, apretado con una chica preciosa y desnuda dentro del saco de dormir. ¿Qué habrías hecho? A ver, di. Pues follártela, aunque sólo fuera por falta de espacio. A mí un coño no me desvía de los objetivos de la organización. Ni siquiera se lo vi en la oscuridad. ¿Por quién me tomas? ¿Dónde está la confianza entre compañeros? ¿He ido yo de copas y discotecas buscando sexo? Ya podríamos estar de camino a Garrapinillos en vez de discutir aquí sobre sentimientos y mandangas.

—Hasta la habitación de al lado llegaba el olor a humo. A mí me dosificas el consumo de tabaco. ¿Qué pasa? ¿La norma no vale para ti?

—Ahí no te quito la razón. Reconozco el fallo. Hoy te corresponde una ración doble de cigarrillos.

—Estas son las contradicciones útiles al enemigo. Le encanta pillar al rival defendiendo de boquilla unos principios, pero infringiéndolos en la práctica. Mucho blablablá con lo de anteponer la lucha a lo personal; pero luego, en plena operación de búsqueda de armas, hala, a pasarlo en grande con una chica, hija de un militar, y a estar de palique los dos hasta las tantas. O aprovechar una posición de mando para obtener ventajas, como con los cigarrillos. ¿No había que racionarlos? Y María Cristina, ¿no nos mandó a ti y a mí fumar en la ventana y echar el humo afuera?

—¿Qué tal si hablas más bajo y con calma? No estoy aquí por ella. A mí esta ciudad no me dice nada. Hemos venido a buscar las armas de Txalupa. En cuanto las tengamos, adiós Zaragoza y adiós María Cristina.

—Antes de tirártela, ¿le preguntaste por la píldora? ¿Toma algún anticonceptivo? No se te ocurrió, ¿verdad? Pues igual, anoche, dentro del saco, le hiciste un nieto al coronel y de paso un sobrino al capitán Bermúdez. Pero no te preocupes. Un momento de debilidad lo tiene cualquiera. Nos pasa a todos. Tú disfrutas de tu orgasmo. Ellas, callandito, se quedan preñadas. Ya te han cazado.

—Eso está por ver.

—Y si no ellas, el hijo que se te aparece un día, con diecinueve años, un montón de apellidos españoles y un metro noventa de estatura. *Kaixo,* aitá. Por fin te he encontrado. Venía a darte dos hostias por desatenderme.

—¿Qué será de nosotros dentro de diecinueve años? Bájate de la nube. Ya teníamos que estar de camino a Garrapinillos.

—Adonde, por cierto, vamos a ir tú y yo solos. María Cristina no viene. Esta es una acción del *talde.* Y cuanto menos sepa ella del armamento y las actividades nuestras, mejor.

—Por supuesto que no viene. ¡Andando! Pero antes dame un abrazo.

Se abrazaron silenciosos, sin efusión. De vuelta en la calle Río Cinca, a la altura del primer cruce, Joseba se detuvo de repente.

—Otra cosa. No vuelvas a llamarme gordo delante de ella.

LO ECHARON A cara o cruz en el portal. Perdió Joseba. En consecuencia, le tocaba a él transmitir la decisión. Nada más entrar en el piso, se la comunicó bruscamente a María Cristina. Que a Garrapinillos irían sin ella. A María Cristina, pasado el momento inicial de sorpresa, se le empañaron los ojos. Creyéndose objeto de represalia, pidió perdón con mucho sentimiento a Joseba por lo de ayer. Este quitó importancia al asunto. Ella, chica fuerte, chica positiva y cooperadora, logró sobreponerse al pujo de llanto. Incluso le parecía preferible quedarse en Zaragoza y conseguir víveres y pedir una ayudica económica a sus amigos o a su hermana. Bien, pero que por favor no hablase a nadie de ellos. Se ofreció a lavarles la ropa en la ducha y ponerla a secar al sol.

No había ni un cuscurro para desayunar. Los tres aliviaron su sed bebiendo del grifo. María Cristina les fue explicando. Lo tenían fácil para ir a Garrapinillos. El pueblo, pegado al aeropuerto, está bien comunicado con Zaragoza por autobús. Los autobuses salían cada media hora. Igual ahora no es así. El billete, el año anterior, no llegaba a dos euros. ¿La parada? Que la dejasen pensar. Sí, sabía de una en el paseo de María Agustín, bastante cerca. ¿Cómo de cerca? Nada, cruzar el parque de la Aljafería y tirar un poco para allá. Enseguida verían un edificio de lo más raro. Es un museo de arte. Pues allí delante se cogía el autobús para Garrapinillos. Por si acaso, ella los podría acompañar hasta la parada.

—Pero como queréis ir solos...

Joseba, condescendiente:

—Bueno, si es sólo hasta la parada...

Ya salían los tres de la vivienda. Ella, llave en mano, a punto de cerrar la puerta, les preguntó por las mochilas. Ellos se consultaron con la mirada. ¿Las mochilas? Carga inútil, ¿no? Mejor las dejaban en el piso. El uno: así andarían más libres. El otro: así llamarían menos la atención. Pero ella: que dónde iban a meter las armas en caso de. Ostras, pues era verdad. Se llevaron las mochilas vacías. Más tarde, en la parada: si tenían algo con que cavar la tierra. Usarían palos. Si eso, comprarían una pala en una tienda de bricolaje o en los chinos. O robarían alguna herramienta en una obra. Que no se preocupase. Ya encontrarían la manera de desenterrar las armas.

Esperaron como unos diez minutos en la parada. Surgió la silueta de un autobús al fondo. Si era ese. No. Que tenía que ser rojo. Y llegó. Más rojo, imposible. Y se abrieron las puertas.

—¿Os vais sin darme un beso?

Les estampó, postes alelados, un cariñoso picotazo a cada uno en los labios. Joseba, en una reacción impensada, dentro del autobús, se pasó el dorso de la mano por la boca. La puerta todavía abierta, María Cristina se comprometió a facilitarles sin falta crema de afeitar. Lo dijo bastante alto. La debieron de oír los pasajeros y el conductor. Después, desde la acera, sonriente, pizpireta, les hizo adiós con la mano.

Asier y Joseba se acomodaron al fondo del autobús. Allí, sin gente en los asientos cercanos, podían conversar a sus anchas, aunque en voz baja. A Asier lo inquietaba un pensamiento.

—No es lo mismo darnos alojamiento a nosotros con armas que sin armas. A ver si me aclaro. Hasta ahora somos sólo amigos de María Cristina. Ella lo podría contar así en un interrogatorio. No estaría diciendo ninguna mentira. Nos conoció en Francia. Le caímos bien. Punto. A partir de esta tarde las cosas cambiarán también para ella. Entonces, además de amigos, seremos activistas armados. Eso la compromete mogollón. Le podrían meter una condena brutal.

—La misma que a nosotros.

—Claro, para el juez de la Audiencia Nacional María Cristina sería un miembro más del *talde*.

—Sin serlo.

—Colaboradora ocasional, pero ¿cómo explicas? Nadie nos iba a creer.

—De todos modos, no tenemos delito de sangre.

—Cuestión de días. O de horas. En cuanto tenga el hierro en la mano, pum. Mira mi dedo. ¡Las ganas que tiene de apretar un gatillo! Por no esperar sería capaz de cargarme a alguien en el mismo Garrapinillos. Ya estoy viendo los titulares de los periódicos. Una gozada.

Joseba tenía otros pensamientos.

—Yo, en la cárcel, aprovecharía para escribir nuestra historia. Esta tarea no se puede dejar en malas manos.

—Como cuáles.

—Pues en las de esa chusma de periodistas y escritores que nos tachan de terroristas sanguinarios. Hala, terroristas. Y así creen haberlo dicho todo. Calma, colegas. La historia de verdad igual es otra. Y también otras las palabras y los conceptos que hay que usar. Que ellos cuenten su parte. Nosotros contaremos la nuestra, la de Euskal Herria luchando por su libertad y sus derechos. Eso sí, yo dejaré fuera ciertos episodios. ¿A quién no le ocurre una avería de vez en cuando? En mi libro sólo estará lo positivo. ¿Me entiendes? Lo que nos haga modélicos. Por ejemplo, de la paliza que recibimos en Toulouse, ni mu.

—Igual ganas el Premio Euskadi.

—Pues dan bastante tela. No te rías.

—Lo mío de anoche con María Cristina no hace falta contarlo, ¿eh? Lo leería la gente de mi pueblo. Habría mucho cotilleo.

Así hablando, llegaron a su destino. El conductor les hizo señas. Allí se tenían que apear. Allí se apearon. Sol y, a los pocos pasos, una panadería. A Joseba le acarició en las fosas nasales un grato olor a bollos tiernos. Sugirió entrar a desayunar. Asier se mostró partidario de ir a un supermercado. Su argumento: por menos dinero se consigue más. Preguntaron a un lugareño. Este les indicó la manera de llegar a un Eroski cercano. Lo encontraron sin dificultad. Pegada al supermercado había una tienda de maquinarias y equipos de jardinería. Gran casualidad que ellos interpretaron como buen augurio. Asier se empeñó en comprar sin pérdida de tiempo una pequeña pala de jardín. A continuación, hambrientos, entraron en el supermercado.

CUATRO HORAS DESPUÉS, cielo azul, trinos en los árboles, dieron por terminada la búsqueda. A su cansancio se unía el desaliento. Por las calles del lugar, a Joseba le sobrevino una acometida de derrotismo.

—Debe de pesar una maldición sobre la causa vasca. A mí que no me digan. Demasiados reveses históricos, demasiada mala suerte. Es para desesperarse.

Los dos militantes tomaron asiento en un banco público, a la sombra de una iglesia. Volvieron a cotejar los planos: el original de Txalupa, la copia de Joseba. Eran idénticos. ¿Qué puñetas fallaba?

La indicación, tan clara, tan fácil de entender, no dejaba lugar a dudas. Punto de partida: la iglesia de Garrapinillos. De ella arrancaba, en dirección noroeste, un trayecto en zigzag de cuatro calles. La última conducía a una casa verde con un balcón en la fachada. Justo enfrente de la casa, ya saliendo al campo, se alargaba una tapia de por lo menos cien metros de longitud. Junto a la tapia, entre dos acacias, estaba el zulo.

Encontrar la iglesia no había sido problema. Allí estaba, con su torre y su fachada de ladrillos en la llamada plaza de España. Diversas calles la bordeaban. Todo era cuestión de seguir las correctas hasta una casa verde. Fueron por aquí. Fueron por allá. Nada. Ni rastro de una casa verde con balcón. ¿La habrían derribado? ¿Habrían construido en su lugar otra de otro color? Preguntaron. ¿Verde? Que en el pueblo había casas de muchas clases. Los miraron raro. Ellos no insistieron. Gracias y vuelta a empezar. ¿Habría otra iglesia? Se lo preguntaron a una señora. Que no, sólo aquella de San Lorenzo. Decidieron olvidarse de la casa verde y rodear el pueblo en busca de una tapia y dos acacias.

Andando, andando, pasaron junto a tapias, ninguna cercana a una casa verde, ninguna de cien metros de largo. Y, en su rastreo, salieron de Garrapinillos por una carretera flanqueada de pinos y cipreses y otros árboles, ninguno de ellos del género de las acacias. Y las paredes del cementerio eran blancas. Y más allá, a poca distancia, se abría el ancho campo de Aragón. Agotada su última esperanza, decidieron desandar el camino. Y así varias veces, en distintas direcciones, durante horas, para nada.

—¿Qué hacemos? Ya todo el pueblo nos habrá visto. Como alguno llame a los picoletos, malo. En enero me caducó el DNI.

—Joseba, ¿qué tal si vas cerrando el pico? Con lamentos no llegaremos a ninguna parte.

Asier, ceñudo, estudiaba el plano. Le había ido creciendo en el pensamiento, a lo largo de la mañana, una sospecha.

—Pongámonos en el lugar del *talde* de Txalupa. Hemos llegado a este pueblo, para nosotros desconocido, huyendo de la policía. Toda la noche de un lado para otro. Conduciendo a la deriva, terminamos aquí sin haberlo planeado. ¿Tendríamos tiempo, calma y paciencia para fijarnos en las calles, en el color de una casa con balcón, en las medidas aproximadas de una tapia? ¿Nos acordaríamos de una clase concreta de árboles?

—Eran veteranos. Les habían dado formación.

—Y, por supuesto, llevaban un pico y una pala en el coche de la fuga. ¿O hicieron el agujero con los dientes, tragándose los terrones? Nunca encontraremos las armas. ¿Sabes por qué? Porque no existen. Este plano es una inocentada del cabrón de Txalupa. ¿No te acuerdas de su jolgorio a costa del nombre de nuestra organización? Pues lo mismo se estará partiendo de risa a estas horas. Igual que Agirretxe cuando mandaba a uno al frontón con un falso recado. ¡Con cuánta facilidad se ha desprendido Txalupa de nosotros! Normal, ¿no? Metíamos mano a su nevera. Nos bebíamos su vino. Usábamos su ducha y su váter. Txalupa despreciaba nuestro proyecto. Lo ha intentado torpedear. Eso es todo.

—Nos dio cien euros.

—Para estar seguro.

—Seguro, ¿de qué?

—De que nos largaríamos. En el fondo, la jugada le ha salido barata. Una semana con dos gorrones en su piso le habría costado el doble.

—¿Y por qué se le ocurrió precisamente mandarnos a Garrapinillos? Al culo del mundo, como quien dice.

—Casualidad. O se lo oyó nombrar alguna vez a María Cristina. Qué importa.

Asier sacó el paquete de cigarrillos de la mochila. Con la primera calada, en la soledad de la plaza, Joseba empezó a silbar suavemente el *Eusko gudariak*. Asier le susurró:

—Aúpa, patriota.

Y se arrancó a silbar en el mismo tono leve con él. La silbada melodía los puso de buen humor.

—Escúchame, Joseba. Este fracaso de hoy tiene que servirnos de lección. Propongo lo siguiente. Cogemos el primer autobús de vuelta a Zaragoza. Juntamos nuestras cosas. Nos despedimos de María Cristina. Hoy mismo viajamos a Euskal Herria. Allí damos un golpe. El que sea. Ya se nos ocurrirá algo sobre el terreno. Si eso, compramos gasolina. De alguna manera hay que empezar. Reivindicamos la acción. Mañana o pasado nos sacan en los periódicos. ¡Ahí va, una nueva organización armada! Los políticos se ponen a discutir. Se

265

echan la culpa unos a otros. Como de costumbre, hacen de lo pequeño una enormidad. Eso que ganamos. ¿Qué te parece?

Joseba asintió con más resignación que entusiasmo. Intentó a continuación ponerse de pie. No podía. Aún se resentía del golpe recibido en las costillas. Asier le tuvo que echar una mano.

—Me cuesta levantarme no por gordo, sino por el dolor.

—Eh, que yo no he dicho nada.

Soñando batallas

SE BAJARON DEL autobús en la parada correcta. Al otro lado de la calle se alzaba el edificio raro. Se adentraron por un sendero del parque creyéndolo el mismo de la ida. No lo era. Merodearon por la zona sin reconocer ningún detalle del mobiliario urbano. De vuelta en el parque, dieron por casualidad con el banco de primera hora de la mañana. De allí a la calle Río Cinca eran cuatro pasos. Enseguida tuvieron que afrontar otro problema. María Cristina no estaba en el piso. ¿Y ahora? Ahora a esperar. Sí, pero ¿dónde? ¿Delante del portal? ¿Y durante cuánto tiempo? No les quedó más remedio que posponer su propósito de viajar esa misma tarde a Euskal Herria. En un bar cercano se consolaron con sendos bocadillos. De beber, caña. Y luego un carajillo cada uno. Total, de perdidos al río.

—¿Te imaginas?

—¿Qué?

—Que María Cristina no *vendría*.

—¿Por qué no iba a venir? Pero si la tienes en el bote. Más difícil será para ti sacártela de encima.

—Hoy le diré adiós.

—Montará el numerito. En estos casos, las mujeres siempre abren el grifo de los ojos.

—Ya los cerrará.

Se dedicaron a callejear por el barrio de La Almozara. No se les ocurrió otra forma de matar el tiempo. Daban vueltas a la ventura sin alejarse demasiado del portal. De vez en cuando volvían. Pulsaban el timbre. Nada. Se llegaron al río. Joseba echó una cabezada tendido en la hierba. Asier cruzó a la otra orilla por una pasarela peatonal. Allí se fumó un cigarrillo y enseguida otro. A las seis de la tarde, Joseba se contagió de la desconfianza de su compañero.

—Si no vuelve, ¡menudo problemón!

—La ropa, los sacos de dormir, todas nuestras pertenencias están en el piso.

—Igual le ha pasado algo. No sé, un accidente. ¿Damos otra vuelta o qué?

—Por mí...

Andando sin rumbo, pasaron junto a unas instalaciones deportivas. Piernas juveniles, varios balones, entrenador con silbato, un pequeño campo de fútbol detrás de una malla de alambre y a continuación otro campo de fútbol, este más grande, detrás de un muro de cemento. A la sombra del muro caminaba un anciano con andador. Asier, a unos veinte metros, susurrante:

270

—Seguro que el viejo lleva unos euros en la cartera.

—¿No pensarás robárselos?

—No nos vendrían mal.

—Conmigo no cuentes. Para robar a viejos no estoy yo aquí.

—Que es broma, bobo. Te lo tomas todo en serio.

Como a las ocho y cuarto la vieron llegar con una bolsa de plástico en cada mano. La cara se le abría en una sonrisa de felicidad-triunfo. Esa mujer venía con los propósitos cumplidos. Dejó las bolsas en el suelo para repartir besos y abrazos alegres. Ellos, gélidos, retraídos, fruncían el entrecejo. Ella adivinó. De armas, nada, ¿verdad? Joseba explicó sucintamente.

—Desde los tiempos de Txalupa, el pueblo ha debido de cambiar bastante.

María Cristina se esforzaba por levantarles el ánimo sin más ayuda que la locuacidad. Calificó de absoluto el éxito de su jornada. Subiendo juguetona, parlanchina, por las escaleras, se negó a revelar el botín obtenido gracias a la generosidad de sus amigos. Cada cosa a su tiempo. Y, entrando en la vivienda, pronosticó diversión segura por la noche. Ellos callaban.

—He conseguido de todo menos dinero. Tranquilos, maños. Como última opción, puedo pedirle un préstamo a mi hermana. A ver si la camelo. No va a ser fácil. Ayer me pareció más del lado de mis padres que del mío. Me prometió, eso sí, discreción. No se chivará de mi llegada a Zaragoza.

A María Cristina la apretaba en aquellos momentos una urgencia natural. Corrió a encerrarse en el cuarto de baño. En su ausencia, los dos militantes del GDG acordaron anunciarle su marcha inmediata. Juntado el equipaje, cogerían un tren o un autobús. Lo primero que saliese hacia la tierra de sus ancestros. Bilbao, Vitoria, Donostia: les daba igual. Incluían Pamplona en el lote de destinos. Asier tomó a su cargo comunicarle la decisión, pero:

—Espera un poco.

—Esperar, ¿a qué?

—A ver el contenido de las bolsas.

—Ni Dios te entiende.

A ella le brillaban los ojos de alegría. Los instó a tomar asiento en el suelo. Y, en cuclillas delante de los dos, fue sacando de las bolsas, como de un cuerno de la abundancia, diversos alimentos, y espuma de afeitar, y dos botellas de vino de Cariñena, y cuatro rollos de papel higiénico, y una cesta de cuatrocientos gramos de frutas de Aragón, y media trenza de Almudévar, y un frasco de colonia para después del afeitado, y un sacacorchos, y un cartón de tabaco, y papel de fumar. ¿Papel de fumar? Pues sí. Y a continuación, mujer niña, mujer eufórica, sacó dos onzas de hachís, obsequio de una persona de su confianza.

—Hay que tener buenos amigos. Yo los tengo.

Viva la vida, *gudaris*. Viva la república. Viva el placer. *Gora* Euskadi y *gora* Aragón.

QUÉ BIEN CENARON. Cuánto bebieron. Qué a gusto estaban los tres tirados sobre los sacos extendidos a modo de alfombra. Ella, descalza, plantaba de vez en cuando una pierna sobre el vientre del uno, un pie sobre la espalda del otro. Ellos se habían afeitado a ruego de María Cristina con las últimas luces de la tarde. Ahora tenían aspecto de aseados. Olían a colonia.

Tras la euforia del vino llegaron las risas de madrugada provocadas por los porros. No se les ocurrió pensar en la delgadez de las paredes ni en la necesidad de reposo de los vecinos. El de abajo se encaró con María Cristina a la mañana siguiente. Y ella se disculpó, ojerosa. Pero ya el mal estaba hecho. En la penumbra del descansillo flotó un instante la amenaza. De repetirse la escandalera, el mosqueado vecino llamaría por teléfono al coronel. María Cristina se despegó, brusca, de la conversación. Asier y Joseba la siguieron en silencio hacia la calle. Y el portazo del vecino al meterse en su piso delataba un cabreo monumental.

No todo habían sido risas durante la noche. A oscuras, Joseba se retiró con su saco de dormir a la ha-

273

bitación contigua. Ya eran casi las dos. Asier se acercó a él alumbrándose con la llama del mechero. En voz baja: que por qué se había ido de la sala. Podían pasar la noche los tres bajo el mismo techo.

—Querréis estar solos, ¿no?

—No si luego me lo echas en cara. ¿Estás en contra?

—Me da igual.

—Otra posibilidad es compartir tú y yo un saco. Dormimos por turnos. Dejamos a María Cristina sola en la sala.

—Que no, que me da igual. Vete con ella.

—¿Seguro?

—Que sí, joder.

De ahí a poco hubo conexión de cuerpos en la sala. Entre los labios de María Cristina brotaban estertores de gratitud. Que había estado todo el día esperando aquel momento. Asier se afanaba en procura de rápido orgasmo. Ya inminente la corrida, preguntó. ¿Qué? Si podía derramar dentro. María Cristina: que sí, ababol, que no había problema. Gruñidos anhelantes anunciaron el inminente apogeo placentero. Ella se apresuró a buscarle la boca con su boca. Y él, sudoroso, se desfogó encima de la dulce María Cristina con unas sacudidas tan breves como enérgicas.

En esto, oyeron sonidos lastimeros como de *Polita* en el ático de Txalupa. Procedían del cuarto de al lado. Tras un momento inicial de incertidumbre, comprendieron. Eran lloros agudos de Joseba. Llegaban un tanto apagados, pero reconocibles. Seguramente su compañero estaba gimiendo con la cara hundida en el saco de dormir.

—Lo que faltaba.

Y se aprestó a ir a llamarlo al orden. María Cristina lo contuvo.

—Déjame a mí. Yo entiendo de penas.

Salió desnuda y a oscuras de la sala, con paso firme. A tientas buscó la cabeza de Joseba para acariciársela. Consoladora, le pasaba la mano por el pelo.

—¿Qué hacen tus costillas?

—Ahí siguen.

—¿Aguantas?

—Qué remedio.

—Echas en falta a tu chica, ¿verdad?

—Y a mi hijo. Si pudiera verlo... Cogerlo en brazos. Mirarle la cara. Saber su nombre. Igual es una hija. Ni eso sé. A veces tengo estos bajones. Enseguida se me pasan.

—Nos has oído. Eso te ha puesto triste, ¿verdad?

—No soy de piedra. Tu manera de respirar me recuerda la de Karmele. Ella también respira fuerte.

—¿Cuando hace el amor?

—Casi un año que no la veo. No me despedí. Como tú tampoco de tus padres.

—Me hace duelo verte así. Maño, hay que parar esa penica, pero ya. Tú déjame a mí.

María Cristina introdujo una mano en las honduras tibias del saco hasta agarrar el miembro lacio de Joseba. El vino, los porros fumados, los pensamientos nostálgicos... retardaron la erección. Luego todo sucedió con rapidez.

—¿Te sientes ahora mejor?

—Eres una buena persona.

El requiebro le valió a Joseba un beso lento en los labios. Luego ella volvió a la sala. Se apretó contra el cuerpo de Asier. Le susurró:

—Nada grave. Le vienen recuerdos.

—Eso se debe a la falta de actividad.

Amanecido, los dos militantes del GDG acordaron permanecer un día más en Zaragoza. El último. Asier se había levantado duro, fanático. Joseba, ensimismado, callaba. La idea: ellos actuarían por un lado, ella por otro.

María Cristina asumió una misión delicada. Iría a ver a su hermana con la excusa de conversar y acaso comer con ella, pero con el propósito oculto de robarle a su cuñado una pistola o dos. ¿Tantas tenía o qué? Era coleccionista. Las exhibía dentro de una vitrina con luz, en el pasillo. Le gustaba fardar delante de las visitas. Y tenía algunas piezas del siglo XIX y un mosquete de chispa de los tiempos del catapum.

Las explicaciones adoptaron un cariz didáctico. Asier las cortó. Que trajera una o dos pistolas modernas, sin olvidar la munición.

Ellos dedicarían la jornada a maniobras y rastreos.

Iban a estar muy ocupados. Asier se abstuvo de ofrecer detalles del plan. Tan sólo aludió a la posibilidad de conseguir dinero. Los tres se reunirían a las siete de la tarde delante del portal.

María Cristina parecía ilusionada.

—¿Soy del comando?

—Colaboradora.

Les arrancó una promesa. A cambio de las armas sustraídas al capitán Bermúdez, ellos no atentarían nunca en Zaragoza. Asier protestó. No convenía poner *a priori* límites a la lucha. Ella le echó las manos al cuello, sonriente, cariñosa. Y le recordó: una pistola, quizá dos, el premio por no atentar.

Antes de marcharse hicieron zafarrancho de limpieza en la sala y en el cuarto de baño. A las diez salieron juntos del piso. El vecino de abajo los estaba esperando en la escalera.

RETENIDOS POR LAS promesas de María Cristina, Asier y Joseba prolongaron su estancia en Zaragoza por espacio de seis días. En ese tiempo, a falta de ocupaciones urgentes, dedicaban las mañanas y las tardes a callejear, tomando el paseo de la Independencia, entre la plaza de España y el monumento al Justiciazgo, como eje y punto de referencia de sus expediciones. De este modo, sin alejarse demasiado de aquella importante vía urbana, evitaban perderse. Pronto se familiarizaron con los nombres de las calles aledañas.

Yendo por ellas, ensayaban diversas clases de atentados. Incluían en las maniobras ejercicios de acercamiento y retirada. Después, sentados en algún banco público, comentaban los pormenores de sus acciones, siempre con el propósito de aprender y mejorar. De paso, hacían planes para el futuro. Intercambiaban pareceres sobre cuestiones organizativas. Estudiaban posibles objetivos. Se daban ánimo el uno al otro. Observaban el gentío. Conversaban.

—La tranquilidad de estos transeúntes me pone frito. ¿A ti no? Mira esa señora. Se va riendo sola.

—A lo mejor es la madre de María Cristina.

—Pronto se les va a acabar el chollo de la paz burguesa. A ellos y a su Estado opresor.

—ETA debía haber continuado. ¿Que descansa un tiempo? Vale. Pero parar la lucha armada ha sido el fallo del siglo. Ahora ¿cómo fuerzas una negociación?

—Ahí estamos. ¿Para qué apagar el fuego del todo? Mejor dejas unas brasas. De vez en cuando pegas un golpe. Dosificas la lucha. Haces algo, concho.

—Eso dará sentido a nuestra organización.

—Exacto. Venimos a llenar un hueco. No importa por ahora alcanzar grandes metas. Lo importante es mantener encendida una llama. Que el enemigo siga con miedo. Que no nos crea acabados ni vencidos.

Ojalá María Cristina nos eche un cable. Me muero de ganas de poner en marcha el GDG. ¿Quién podría enseñarnos a manejar explosivos?

—Ni idea, pero no te preocupes. Tarde o temprano aprenderemos.

Asier y Joseba pasaron varios días imaginando escaramuzas, asaltos, tiroteos, por las calles de Zaragoza. Y al caer la tarde volvían al piso de Río Cinca hambrientos, sedientos, empapados de sudor. Procuraban gastar lo mínimo durante la jornada, fiados en la diligencia de María Cristina para conseguir provisiones. Tras la ducha de rigor, los tres cenaban sentados en el suelo. Después, fumando porros, hacían tertulia hasta la medianoche. María Cristina se afanaba por moderar la intensidad de las risas. Temía la reacción de los vecinos. A veces, ella, contradictoria, exultante, soltaba las carcajadas más ruidosas.

—¿Soy ya del GDG?

—Tienes que pasar una prueba.

—¿Cuándo?

—Ya te diremos.

María Cristina fracasó en sus dos intentos de hurtar armas de la colección de su cuñado. El primer día visitó a su hermana por sorpresa. No la pilló en casa. Tuvo que esperarla en la calle. Por fin la vio venir por la acera con los niños. Más de dos horas esperando. En la vivienda no encontró el modo de quedarse sola. Ideó diversas estratagemas. Ninguna funcionó. Ya el capitán Bermúdez estaba a punto de llegar. Entonces ella prefirió marcharse.

—Mi cuñado va de macho por la vida. Sería capaz de llevarme a rastras a casa de mis padres. Le gusta ganar puntos delante del coronel. Le da la razón en todo. Los militares son así. Unos lameculos de cuidado.

Prometió intentar de nuevo, al día siguiente y con más tiempo, la sustracción de una o dos pistolas. Había quedado citada con su hermana. Comerían juntas. Ellas dos solas, sin los niños, como en los viejos tiempos.

—¿Te acuerdas?

—Qué bien lo pasábamos.

No duró mucho la armonía fraternal. María Cristina cometió el error de revelar su necesidad imperiosa de dinero. Ahora, pensándolo con calma, lamentaba la indiscreción. Su hermana receló. Le vinieron a la memoria los dos chavales. ¿Qué chavales? Los del domingo. Unos con mochilas y sacos de dormir. Que quiénes eran. Ah, esos. Unos amigos, de paso por la ciudad, que ya se habían ido. Estas palabras sonaron todo lo contrario de convincentes.

—¿No andarás metida en líos revolucionarios?

María Cristina negó ofendida. Su hermana la amonestó por estar en Zaragoza de incógnito, a saber con qué intención, sin importarle el buen nombre de la familia. La discusión entre las dos hermanas, caracteres

280

distintos, ideas opuestas, se hizo inevitable. Y María Cristina, renunciando a la comida y a las pistolas, abandonó la vivienda.

En el piso de la calle Río Cinca aún le duraba el sofocón.

—Yo, ahí, no vuelvo. Mi hermana es una fascista de tomo y lomo. Como todos ellos. Me dan pampurrias. Pero tranquilos. No está todo perdido. Conozco gente. Tengo contactos.

—¿Qué gente conoces?

—Principalmente amigos de amigos. Yo os agenciaré armas echando virutas y a buen precio. Confiad en mí.

—¿Cuánto tiempo necesitas?

—Dadme un día. A lo sumo, dos. Y os digo algo.

A JOSEBA LO incomodaba una sospecha creciente. ¿Y si la presunta búsqueda de armas sólo era un pretexto para retenerlos en Zaragoza? No para retenerlo a él, claro está, sino a su compañero.

—Para mí que te quiere cazar.

Asier se mostraba comprensivo con María Cristina. Era una excelente camarada. Entusiasta, incansable, generosa hasta decir basta. Tenía un pensamiento político parecido al de ellos. Él creía en la sinceridad de su colaboración. Veía a la chica esforzarse, incluso al precio de un conflicto familiar.

—Por no hablar de los peligros que estará corriendo a estas horas por ayudarnos. Después de un año en la reserva, tirados como dos maletas sin dueño, ¿qué más da esperar unos pocos días más?

—Un interés personal tienes. No puedes negarlo.

—Mi único interés se concentra en la lucha. Mide tus palabras. Tampoco te ha ido mal por las noches.

—¿Qué andas insinuando?

—Nada de secretos entre tú y yo. María Cristina te la ha cascado dos veces. Estoy al corriente. Ella te aprecia. Le duele tu tristeza.

—De esto, a Karmele, ni una palabra, ¿eh? Y cuanto antes nos vayamos a Euskal Herria, mejor.

—No seas cagaprisas. Han surgido dificultades simplemente logísticas. Con cálculo y paciencia las vamos a superar. No es lo mismo ir a la guerra con pistolas y bien cenados que desarmados y con el estómago vacío. A ver si eres un poco más práctico.

Y ese mismo día, por la tarde, se consumó el desastre. ¿Cómo pudo ocurrir? No se lo explicaban. Fue a la entrada de los cines Palafox. Qué mala idea haberse parado allí a mirar los carteles. Si, total, no iban a ver ninguna película. ¡Pues no era poco estricto Asier gestionando la tesorería del GDG! Tantas horas de inactividad, tanto tiempo libre, tantas caminatas sin rumbo no podían acabar bien. Sus pasos errantes los condujeron al lugar. Había cola. Había aglomeración. Gente de todas clases a la espera de sacar una entrada. Críos, voces, calor. Y Asier no sintió nada. Ni un roce. Ni un empujón. Lo único, que al cruzar la calle para meterse a curiosear en El Corte Inglés, se llevó la mano al bolsillo trasero del pantalón.

—¡La cartera!

—¿Qué pasa?

—Me han robado la cartera.

Volvieron a toda velocidad a la entrada de los cines. Se adentraron en la pacífica muchedumbre, el uno por aquí, el otro por allá, esperando descubrir ¿qué, a quién? Ni idea. A algún fulano con pinta de carterista que hubiese salido corriendo. Nadie corría. Los únicos apresurados eran ellos. Y los allí quietos, esperantes, les lanzaban miradas de extrañeza, hasta de reprobación. ¿Adónde van esos dos? ¿Se van a colar? Ellos, al rato, se resignaron a la cruda realidad. El GDG no disponía de más fondos que una pequeña cantidad de dinero suelto.

Se dirigieron, hundidos de moral, a la plaza de España. Asier murmuraba rencoroso. Se llegó hasta el monumento a los Mártires de la Religión y de la Patria. Un estanque circular con dos ruedas de surtidores, en aquel momento inactivos, rodea el pedestal. Asier tomó asiento en el pretil. Joseba lo imitó. El reloj de la Diputación Provincial marcaba las seis y veinte de la tarde. Ni una nube de un extremo a otro del cielo. Y a espaldas de los dos militantes del GDG, en lo alto de un mástil, campeaba una bandera rojigualda, aburrida y flácida en la tarde sin viento. Ellos permanecieron allí más de media hora sin hablar, mirando con cara inexpresiva el tráfico, las fachadas, los transeúntes. De pronto:

—Los mataría a todos.

Asier lo dijo para sí en el momento de levantarse. Echó a andar. Joseba tras él. Los dos serios, silenciosos. Y en la calle Río Cinca, delante del portal, Asier volvió a decir aquello de matar a todos. Maldecía. Apretaba los dientes, rumiando su rabia. Joseba le dio una palmada de afecto en el hombro.

—No te hagas mala sangre. Saldremos de esta.

La tarde declinaba. Dos perros se enzarzaron en una gresca de ladridos. ¿Dónde? Por allí cerca, entre los vehículos aparcados. Un coche patrulla de la Policía Local atravesó la calle. ¿Y qué es de María Cristina? ¿Siempre llegaba más tarde de lo acordado? Allá venía, sonriente, cargada con bolsas y enseguida besucona. Les vio la cara de funeral. Refrenó las muestras de alborozo. Si se habían peleado. Arriba, en el piso, le dieron explicaciones. Ella también explicó. El asunto de la pistola pintaba bien. Había oído hablar de. Le aseguraron que. Estaba citada con. Una posible respuesta, al día siguiente. O, como muy tarde, el sábado.

—¿Y con qué pagamos el hierro?

—Tranquilos.

284

Prometió hacer una colecta entre amigos y conocidos. A algunos llevaba sonsacándoles dinero y víveres desde el lunes. No importa. La conocían. Más adelante les devolvería hasta el último céntimo. Lamentó la falta de móviles. Era chungo estar todo el día sin poder comunicarse. Y convendría ir buscando otro refugio. Más adelante, si eso, volver al piso de Río Cinca. Su idea: dejarlo limpio, borrar huellas, alojarse en otra parte. Ellos se limitaron a asentir encogidos de hombros. Y esa noche no hubo risas en la sala ni sexo en el saco. Era para desesperarse. En serio. No tanto por la pérdida del dinero. Bah, un par de atracos y llenas la caja de la organización. Lo peor, la humillación. Asier la llevaba fatal. Una cuchillada en el orgullo. Una úlcera en su honor de *gudari*. Joseba se esforzaba por levantarle el ánimo. María Cristina trataba de consolarlo con palabras dulces y caricias. De madrugada, Asier se salió del saco. Iba de una pared a otra, descalzo, en calzoncillos. Miraba la noche por la ventana. Hablaba solo, susurrante. La brasa de sus sucesivos cigarrillos ponía un punto rojo en la oscuridad.

EL VIERNES, DÍA sin nubes, se levantaron antes de las siete. Para los dos integrantes del GDG empezaba una jornada sin más aliciente que vagar por las calles de Zaragoza y ver la mejor manera de matar el tiempo. A María Cristina, por el contrario, la esperaba un día de mucha actividad. Se había comprometido a cumplir diversas misiones. Antes que nada, a reanudar sus pesquisas y encuentros encaminados al logro de algún arma de fuego. De paso iniciaría la búsqueda de un piso franco. Estaba, además, decidida a pedir dinero prestado. No importaba a quién ni cuánto. Que estuvieran tranquilos. No volvería por la tarde con las manos vacías. Por último, se encargaría como de costumbre de obtener bebida y cena.

Los tres, ella agarrada del brazo de Asier, fueron juntos hasta la plaza de Aragón. Allá, besos de despedida, se separaron. Ellos apenas hablaron en todo el trayecto. A Asier se le veía hosco y triste; a Joseba, apagado y como ausente. El robo de la cartera los había hundido en el desánimo.

Una cosa dicha de víspera por María Cristina dentro del saco de dormir había molestado a Asier. Durante la cena, tanto él como Joseba se mostraron partidarios de imponerles a unos cuantos lugareños una ayuda económica a la lucha armada. A tantos como fuesen necesarios hasta recuperar el dinero perdido. Los abordarían en callejones, descampados, portales... No les temblaría el pulso. No atenderían a escrúpulos morales ni de ningún otro tipo. A falta de un arma con que amedrentar al personal, se agenciarían dos

286

barras de hierro en alguna obra. O lo que pillasen: un martillo, una paleta de albañil, un palo. La navaja multiusos no les parecía adecuada debido a su tamaño. Con eso no asustas ni a un niño. María Cristina les dijo que por favor no. No en Zaragoza, su ciudad, donde ella conocía a tantas personas buenas. A solas con Asier, en el saco, usó la palabra *víctimas*. Asier, adusto, la corrigió: contribuyentes elegidos al azar. Cuestión de términos, dijo. A María Cristina la preocupaba otra cosa. ¿Qué cosa? Pues que pagasen justos por pecadores. No hacía falta, la verdad. Ella les iba a conseguir por vías pacíficas una cantidad equivalente o superior a la perdida. Asier prefirió no llevarle la contraria.

Los dos militantes dedicaron largas horas a recorrer en uno y otro sentido el paseo de la Independencia. A veces, para variar, empalmaban con Gran Vía hasta la avenida Goya y, en un caso, más arriba, hasta la plaza de San Francisco. En un punto cualquiera del trayecto daban la vuelta. Absortos en sus pensamientos o hablando de cualquier cosa, desandaban el camino. Joseba seguía dolorido de costillas, aunque ya no tanto. Al pasar por delante de los cines Palafox, a Asier le entraba coraje. Apretaba los dientes. Mordía las palabras.

—Si agarro al chorizo, uf.

—Uf, ¿qué?

—Le parto la crisma delante de toda la gente.

—Menos mal que no me robó a mí. Me habrías echado en cara falta de concentración y de disciplina.

—Mejor no me provoques. Hoy no está el horno para bollos.

Y seguían andando el uno al lado del otro, sumidos en frecuentes y prolongados silencios. Hartos de la caminata, apretados por el hambre y la sed, volvieron a primera hora de la tarde al piso. Esta vez, ellos se habían quedado con la llave. Comieron restos de la víspera. Bebieron del grifo. No sabían qué hacer con María Cristina. Joseba:

—Dependemos totalmente de ella. Justo lo que no queríamos.

—Deberíamos haber desplumado esta mañana a un par de vecinos. Dinero y armas, esa es la clave. Para mí que María Cristina, una pistola, no nos va a conseguir. Eso lo tengo claro. Es una ingenua del copón.

—No tan ingenua. Con mucha astucia juega a ganar tiempo para amarrarte. Las mujeres, Asier, las mujeres. Con la excusa de la pistola, María Cristina nos va a inmovilizar en Zaragoza hasta navidades.

—Eso ya lo veremos.

—Siempre dices lo mismo.

—Porque así lo pienso.

A las diez de la noche, María Cristina aún no había regresado. Ellos, nerviosos, hacían cábalas. El piso se fue llenando de oscuridad. Joseba, asomado a la ventana, auguró la reconciliación de María Cristina con su familia y la consiguiente traición al GDG. Asier callaba. Tuvo, a todo esto, un pálpito esperanzador. De pronto, la tardanza de María Cristina se le figuraba una buena señal. Negociaciones no fáciles, pero a lo mejor fructíferas, con traficantes de armas la retenían en algún sitio. Estaría regateando. A lo mejor esperando la entrega del material. De haber fracasado, ya habría vuelto al piso, ¿no?

Por fin, casi a las once, sonó el timbre. Inquietos, salieron a la escalera a recibir a su compañera. Ella subió los últimos peldaños sonriente, cargada con una bolsa de plástico. Nada más cerrar la puerta de la vivienda, aplacó expectativas. En el asunto de la pistola no se habían producido progresos. Había conocido a. Le habían hablado de. La cosa, en su opinión, no pintaba del todo mal. Necesitaba, eso sí, más tiempo. Se descalzó. Le dolían los pies.

—¡Maños, menuda andada me he pegado hoy!

Del nuevo alojamiento no había podido ocuparse hasta última hora. Una persona de confianza le había ofrecido un garaje. Pequeño, incómodo, sin cuarto de baño ni agua corriente, pero útil para salir del paso durante dos o tres noches y, por supuesto, gratis. Cabía la posibilidad de ir a echarle un vistazo el domingo o el lunes. Mientras tanto, ella seguiría preguntando entre sus amigos y conocidos en busca de un lugar con mejores condiciones. Y por último, tachán, promesa cumplida: un fajo de billetes arrugados. Ciento diez euros que entregó, orgullosa, feliz, a Asier. No llegaban a la cantidad de dinero perdida el día anterior; pero, así y todo, bien, ¿no? El caso era poder afrontar los gastos urgentes.

A Joseba no le interesaba tanto el dinero como la bolsa de plástico. Hurgó en su interior, azuzado por el hambre. Extrajo un envoltorio.

—Lo que faltaba: ¡pollo! Me prometí no probarlo nunca más.

POR POCO LOS pillan desnudos dentro del saco. Bueno, desnudos, abrazados y hasta conectados. Envueltos en la clara luz de la mañana, recién levantados, estaban en paños menores, desperezándose, y Joseba encerrado en el cuarto de baño.

Fuera, en el descansillo, el coronel no acertaba con la llave. Quizá por la vista cansada; quizá, dedos torpes, mano temblorosa, por el acaloro volcánico que traía. Su falta de destreza desbarató el efecto sorpresa de la irrupción.

Tercer piso, imposible saltar a la calle sin matarse. María Cristina se olió desde el primer instante la llegada de miembros de su familia. Tras dar la voz de alarma, ¡mi padre!, se apresuró a vestirse. Asier la imitó con idéntica prontitud. Y ya el coronel entraba pegando gritos en la vivienda de su propiedad.

—¡Mala pécora! ¿Dónde estás?

Vestía de paisano. Un señor redondo, de unos cincuenta y tantos años, facciones congestionadas y bigote ceniciento. La camisa blanca acentuaba la prominencia de la barriga. No había venido solo. Un tipo fornido, de barba cuidada, gorra de plato y uniforme caqui con divisa de capitán, lo acompañaba. Bermúdez, ¿quién, si no?, tan vociferante y macho como su suegro. Estos vienen al asalto. A María Cristina ya le apuntaba en el labio inferior la inminencia de un puchero. Adoptó un tono como de protesta juvenil.

—Mi hermana se ha chivado.

—Tu hermana es una mujer decente. Más te valdría tomar ejemplo de ella. ¿Dónde has estado todos estos meses?

La tildó a voz en cuello de sinvergüenza, perdida y amancebada con drogadictos. La intentó agarrar de un brazo. María Cristina esquivó la zarpa paterna con agilidad. Reculó hacia la ventana. No le había dado tiempo de calzarse. Insistía en saber.

—O te ha llamado algún vecino.

—¿Estás preñada?

—Eso espero.

Asier, también descalzo, había terminado de abrocharse los pantalones en presencia de los dos militares. El coronel ordenó al capitán Bermúdez buscar al otro individuo. En caso necesario, que lo redujera por la fuerza. Ignorante de la situación, Joseba silbaba en el baño con la puerta cerrada. Poco después, desnudo de torso, la cara y el cuello cubiertos de espuma, entró en la sala seguido del capitán. ¿Por qué trae los brazos en alto? Al parecer, impresionado por el uniforme, se creía detenido.

Con mueca de asco, el coronel le arreó una patada al saco de dormir, obvio instrumento del pecado mortal de su hija.

—¿Qué hacen en mi casa estos pordioseros?

—Papá, no tienes derecho a insultar. Son mis amigos.

—Me pillas de buenas. Podría meterles un puro por allanamiento de morada. Tienen medio minuto para salir de aquí con todos sus andrajos pestilentes. Y tú y yo tenemos mucho que hablar. Nos debes a tu madre y a mí puntuales explicaciones.

A Bermúdez le tocó encargarse de los intrusos. Los instigaba, gritón.

—¡Largo de aquí, basura!

Los fue pastoreando por el pasillo, ahuyentador, amenazante, como a ganado indeseable. No paraba de rugir denuestos. Ellos, callados, medrosos, apretaban contra el vientre el humilde revoltillo de sus pertenencias. María Cristina trató de unirse a ellos. Su padre la retuvo. Discutían.

—Soy una mujer adulta, libre y de izquierdas.

—Tú eres la vergüenza de la familia. Eso es lo que eres. Con todo lo que nos han costado tu educación y tu crianza. Date por desheredada.

En aquel momento, el capitán Bermúdez estaba a pique de acabar con éxito el desalojo. A uno de los intrusos ya lo tenía fuera del piso. Al gordo, más lento, lo compelió a salir a la escalera con un par de empujones. Le chutó por detrás un jersey caído en el suelo. Joseba se atrevió a sostenerle la mirada. Con ademán teatrero, el capitán no dudó en llevarse la mano a la funda de su pistola.

—A ver si te voy a meter un tiro en la cara, imbécil.

Y medio segundo antes de cerrar la puerta, por la estrecha abertura, salió al descansillo el grito estridente de María Cristina:

—¡Asier, te quierooooo!

Un portazo segó la voz de la chica. Asier y Joseba se quedaron solos en la escalera. Terminaron de vestirse un piso más abajo. Enrollaron los sacos. Pusieron en orden sus pertenencias. Sin prisa. Habían captado el sentido de la situación. Esto no es una redada. Esto, como mucho, ha sido un episodio de melodrama familiar. Cargaron las mochilas a la espalda. En la calle los esperaban el cielo azul y el frescor matinal. Asier, vengativo, se lanzó a pulsar como loco el timbre del portero automático. Al octavo o noveno timbrazo, Joseba le mandó parar.

—Con esto sólo perjudicas a María Cristina.

—Todavía tienes espuma en el papo.

Poco antes de mediodía tomaron el autobús de

Zaragoza a San Sebastián. Llevaban por toda munición de boca dos manzanas y dos plátanos. Los compraron por el trayecto a la estación, en una frutería. Antes de emprender el viaje, se entonaron con sendas tazas de café con leche. Joseba se comió su plátano y su manzana al poco de ponerse el autobús en marcha; Asier, en la parada de Tudela. Cada cual se pasó el viaje ocupado con sus propios pensamientos. A veces uno de los dos decía algo en un intento infructuoso por entablar conversación.

—Otra etapa recorrida.

—Con poco resultado.

Y ahí quedaba la cosa. Convenía, además, refrenar la lengua. Algún viajero de los asientos cercanos podía oírlos.

Joseba expresó, como hablando solo, un deseo:

—Lo que daría yo por dormir en una cama.

Asier manifestó, a la salida de Pamplona, una duda:

—¿Qué estará haciendo ahora?

—¿Quién?

—Ella.

—¿María Cristina?

Llegaron a su destino ya entrada la tarde. Era notable la bajada de la temperatura.

PARADOS EN MEDIO de una calle, con las mochilas a la espalda y los sacos de dormir atados a ellas, debían de parecer, según Joseba, montañeros. Pasaban señoras peinadas de peluquería, parejas jóvenes con carrito de bebé, autobuses urbanos. Soplaba un poco de viento, no mucho, pero desapacible. Los escaparates de las tiendas transmitían una sensación de pulcritud. Y eso era todo.

Joseba abrigaba un convencimiento.

—Teníamos que haber ido a Bilbao. Donostia está muerta para la causa.

—En el fondo, siempre lo ha estado. Esto es un hervidero de comerciantes y burgueses.

—Igual es sólo en este barrio. Vamos a la Parte Vieja.

—Tira, pues. A lo mejor hay allí algo de bronca preparada para esta tarde. En nuestros tiempos solía haberla.

—Los sábados, seguro. Nos vendría bien una *manifa* para tomarle el pulso político al lugar y establecer algún contacto. Ahora mismo estamos demasiado solos.

Tomaron primero el rumbo de la playa. A Joseba, después de tanto tiempo en ciudades del interior, le había entrado el capricho de ver el mar. Asier recordaba una fuente pública en los jardines del Ayuntamiento, frente a la bahía. Los dos estaban muertos de sed. Asier tenía las manos pegajosas.

—¿Cuál es el plan?

—Buena pregunta. Siempre das en el clavo.

—Venga, Asier. Hablo en serio.

—¿Qué tal si propones tú un plan? Por fin hemos llegado al campo de batalla. Habría que atacar, ¿no? La pregunta es a quién.

—A quién y cómo y con qué armas.

El mar, en su sitio; la fuente, en el suyo, con su pileta de piedra y su chorro fresco y tranquilo. Por los senderos del jardín, entre los tamarices, no se veía un alma. La brisa fría había barrido a los transeúntes hacia las calles protegidas de las inclemencias por los edificios. En el Boulevard, en cambio, sí había animación: el habitual gentío de los sábados por la tarde. El quiosco de música se veía invadido de críos, limpio de las pancartas reivindicativas de otros tiempos.

Un poco más allá, a la altura de una heladería, se pararon a escuchar a una pareja de artistas callejeros. El hombre, sentado en una silla de tijera, tocaba un bandoneón. El ala del sombrero le tapaba media cara. Ella, labios rojos, vestido negro de falda corta y una melena de hermosos tirabuzones, entonaba tangos con voz ¿engolada de propósito para profanos? Sonaba linda. Sonaba sensual. Y un nutrido grupo de mirones se arremolinaba fascinado alrededor de los artistas. A Joseba la cantante le parecía muy guapa. A Asier, bah, como que no le importaba el espectáculo.

—Pero canta bien. Reconócelo.

—Lo que tú digas.

Mochilas a la espalda, se adentraron en la Parte Vieja. Miraban sorprendidos las paredes. ¿Dónde están las pintadas de antaño? ¿Y los carteles? ¿Y aquellas pancartas, entre fachada y fachada, en favor de los presos de ETA?

—¿Qué coño pasa aquí?

—Pues ya ves. Todo Cristo llenando los bares, jamando y trincando tan felices. Cientos de compañeros en la cárcel; otros, caídos en la defensa de nuestros derechos nacionales, ¿para qué? Años y años de lucha y sacrificio, ¿para esto?

Por fin, en la plaza de la Constitución, ¿dónde?, allí, en un balcón, y más allá, en otro, avistaron sendos trozos de tela blanca, con el mapa negro de Euskal Herria, las flechas rojas y la petición de acercamiento de los presos: EUSKAL PRESO ETA IHESLARIAK EUSKAL HERRIRA, Los presos y fugitivos vascos, a Euskal Herria. ¿Eso es todo? Enfilaron la calle Juan de Bilbao. Nueva decepción. Una ikurriña, un mural despintado, unas cuantas pegatinas en las tuberías y las persianas bajadas, un par de pancartas contra la dispersión y para de contar. A media tarde había, además, poca chavalería en la calle *abertzale* por antonomasia y, para Asier y Joseba, ninguna cara conocida.

—Con lo que era esto en otros tiempos. ¿Te acuerdas?

Se retiraron a la plaza Zuloaga a deliberar. Tomaron asiento en un poyo, arrimado a la fachada del museo San Telmo. Adoptaron un triple acuerdo: no discutir, no pensar, no amargarse. Dejarían pasar ese día. Seguro que a la mañana siguiente tendrían las ideas más claras. Escondieron las mochilas entre unos arbustos del monte Urgull. El sitio era de difícil acceso. Asier por poco se despeña. Volvió al camino rasguñado, renegante.

—A ti te tocará luego sacarlas.

De vuelta en la Parte Vieja, entraron en un bar. Junto a la barra pidieron un zurito para cada uno. Picaron pinchos diversos. Y aprovechando la aglomeración y las miradas atentas al partido de fútbol en el televisor, se marcharon sin pagar. Joseba, de burla:

—En el próximo invito yo.

Elegían los bares concurridos. En menos de una hora habían cenado de manera tan gratuita como satisfactoria. A última hora de la tarde, volvieron al monte en busca de las mochilas. Esta vez Joseba se llevó los arañazos. A punto estuvo también de irse al fondo del precipicio. Pensaban pernoctar allí cerca, en algún recoveco del castillo. Sin embargo, el tiempo se había puesto feo. Empezó a chispear. Entonces decidieron pasar la noche en los bajos de La Concha. En caso de lluvia, estarían bien resguardados.

Se acostaron a eso de las diez. Sonaba el romper rítmico de las olas cercanas. Marea baja, mar en calma. Y el chapoteo se difuminaba en un leve siseo de es-

298

puma en movimiento. Después, nada, silencio, quietud; y después, la ola siguiente. Joseba intentó entablar conversación de saco a saco. Asier no respondía. Minutos después, Joseba hizo una nueva tentativa. Otra vez sin éxito.

—La echas en falta. ¿A que sí? Conozco esa sensación.

¿IR A BILBAO? ¿Con esta lluvia? A primera hora de la mañana, en los bajos de La Concha, tuvieron un desencuentro. Joseba salió lento del saco de dormir. Su torpeza dio pie a una reconvención de Asier. Con gesto torcido, Joseba alegó dolor del costado.

—¿Todavía?

—Pues sí. ¿A ti nunca te duele nada?

Aquellas palabras sonaron a desafío. Se interpuso entre los dos un silencio tirante y gris. Huele a sombra húmeda allá abajo. Ellos estuvieron un buen rato sin dirigirse la palabra y sin mirarse. El horizonte borroso, el mar en calma, el cielo encapotado. La pleamar se había tragado casi toda la playa. Recogidas sus pertenencias, enrollaron los sacos. Joseba se apartó para sacudir el suyo, sembrado de pequeñas escamas. A Asier se le suavizó la voz. Conciliador, sugirió arrearles un pellizco a los fondos y tomar un desayuno, pero no de lujo, ¿eh?, en una cafetería. Después ya verían.

—Vale.

En vano Asier, desayunante, untador de mermelada, hacía en voz baja y con la debida discreción propuestas dirigidas a poner en marcha la lucha armada con un golpe espectacular. Joseba se las tiraba una tras otra por tierra. Qué tal si esto. No hay dinero. Qué tal si lo otro. La organización carece de infraestructura, de colaboradores, de armas. ¿Y si, para empezar, el GDG pegaba fuego a algo? ¿A qué? Asier tendió la vista en derredor: gente, paredes, mobiliario de la cafetería. No sabía bien. A un contenedor de basura. ¿Y eso le parecía espectacular? Pues a un coche aparcado en la calle. ¿A uno cualquiera? Qué más daba. El caso era mandar a la prensa una primera nota de reivindicación y despertar al pueblo vasco de su letargo.

Y Joseba sentenció:

—Ridículo.

Asier lo miró serio, receloso.

—¿Qué pasa?

—Nada, que he visto el mar.

Alargaron hasta cerca de las once y media de la mañana la estancia en la cafetería para no exponerse a la lluvia. También para ojear los periódicos que estaban a disposición de los clientes. Hacia las diez compartieron un café con leche. Había que justificar la prolongada ocupación de la mesa. Asier insistía. El

300

dinero de la organización alcanzaba para viajar los dos en autobús a Bilbao. Joseba no levantaba la vista del periódico.

—¿No dices nada?

—Estoy pensando.

Esos silencios tensos, duros, antes no se daban entre ellos. De nuevo en la calle, pegados a las paredes para mojarse lo menos posible, con las mochilas a la espalda, Asier puso voz a un pensamiento.

—No parecemos los mismos. No sé desde cuándo. Igual desde que estamos en Euskal Herria.

—Donostia es para ir a la playa y comer en los restaurantes, no para cambiar la Historia. A lo mejor es eso. Nos hemos contagiado del ambiente.

—Razón de más para viajar a Bilbao.

Al poco rato, se acogieron a los soportales de la plaza de Guipúzcoa. Dejaron las mochilas en el suelo, apoyadas contra una columna. La columna los protegía del viento. Les quedaban seis cigarrillos. Cada cual se encendió uno. En esto, Asier, sin porqué ni cómo, le dio a Joseba una palmada amistosa en la espalda.

—¿Qué, has terminado de pensar?

—Más o menos.

—Pues, hala, suelta.

—En nuestra situación, convendría empezar de cero. El no estar fichados por la policía facilita las cosas. También el no depender de nadie. Hasta ahora no hemos hecho nada mal.

—Ni nada bien.

—Exacto. En el fondo no hemos hecho nada.

Explicó punto por punto su propuesta. Asier escuchaba alternando muecas escépticas con fruncimientos de entrecejo. Desconfiaba.

—A mí no me la das. Tú quieres ver a Karmele.

—A Karmele y a mi hijo. O a mi hija. Lo que sea.

—Eso si la criatura nació viva.

—Bueno, también quiero enterarme de ese detalle.

De acuerdo con la explicación de Joseba, empezar de cero suponía volver al pueblo, cada cual al suyo. Su compañero se apresuró a descartar esta opción.

—No estoy dispuesto a enfrentarme a las preguntas de mi familia. Los estoy viendo. ¿Dónde te habías metido? ¿No piensas trabajar? Que les den.

—Pues nos instalamos en mi pueblo.

Y desgranó los distintos puntos de su propuesta. Podrían alquilar un piso barato. Karmele y él tenían unos ahorros en común. Seguro que ella le cedería una cantidad. Después Asier y él reclutarían a cuatro compañeros. Gente de absoluta confianza en la ideología y en lo personal. Del pueblo del uno, del pueblo del otro o de la comarca. Así podrían partir la organización en dos *taldes* de tres militantes cada uno. Mientras, currarían. Algún trabajillo les saldría. Dedicarían los sueldos a gastos de mantenimiento y a comprar armas. De paso montarían un aparato de información y otro de falsificación de documentos. Aprenderían, por supuesto, a manejar artefactos explosivos. Alguien les enseñaría. Por un lado simularían hacer vida normal. Por otro montarían una sólida estructura, necesaria para emprender la lucha. Todo poco a poco, con inteligencia y cálculo, para estar operativos en cuestión de un año o año y medio a lo sumo.

Asier no terminaba de verlo claro. Se puso a dar paraditas con la puntera del zapato contra la columna. Joseba, entretanto, le pintó un panorama desolador de noches a la intemperie, de ropa sucia, de parásitos, de problemas físicos sin atención médica, de falta de vitaminas por abuso de bocadillos y de otros inconvenientes y calamidades.

—Y, además, nadie nos va a entender ni apoyar.

—Tú qué sabes.

LA BOFETADA FUE más bien simbólica. Una bofetada instintiva, ni suave ni fuerte, de recibimiento. Joseba no se inmutó. Karmele, alta y grande, lo obligó a dejar los bultos en el descansillo. No le hizo falta hablar. Bastó la autoridad inapelable de su dedo índice. Luego examinó a Joseba con detenimiento, de arriba abajo, olisqueándolo con mueca de repugnancia. Le permitió entrar en la vivienda. Cerrada la puerta, le negó un beso.

—Qué flaco estás. ¿Dónde andabas?

—Luchando por Euskal Herria.

—¿Y por qué no me has llamado?

Intentó explicarle. Se embarullaba, desmañado de palabra, nervioso. Karmele, mordiéndose el labio inferior, le amagó un revés. Joseba reculó.

—No me montes escenas. Lo he pasado mal. Igual hasta tengo una costilla rota.

—Te aguantas.

—Antes eras más cariñosa.

—Antes.

Flotaban en el aire vapores de cocción procedentes de la cocina. Y en la pared lucía un póster de grandes dimensiones hecho con piezas de puzle. Mostraba la imagen de un barco de casco rojo en altamar; a bordo, pescadores atareados con las redes. Karmele se interponía entre Joseba y el interior del piso, como cortándole el paso.

—En el pueblo se murmura.

—¿Qué?

—Que te metiste en ETA.

Le resumió su historia del último año con ademanes de hombre sincero y una curva de buenas intenciones en las cejas. Que sí, pero no. Que tras el cese de la actividad armada los habían dejado tirados en un lugar de Francia con gallinas. ¿A quiénes? A él y a un amigo con el que había fundado una organización parecida a ETA. Mencionó una barca y un río. Habló de un cementerio y del robo de una cartera en Zaragoza. Necesitaban dinero para empezar. No mucho. Entonces él había pensado. ¿Qué? Si ella podría dejarles algo. Que se lo devolverían.

—Un año fuera y ¿vienes a pedirme dinero?

Esta vez la bofetada emitió un chasquido potente. Si era subnormal o qué. Si la creía tonta y millonaria. Joseba hizo una leve tentativa de réplica. Con las palmas de las manos hacia delante pedía paz. Karmele le mandó bajar la voz. O callarse, aunque él no podía hablar. Ella no le dejaba meter baza en el diálogo. Y de nuevo: que se callara. Pero ya era tarde. Ya en el fondo de la vivienda se habían desatado los gemidos de un bebé.

—Se ha despertado por tu culpa.

Karmele corrió con su cuerpo grande, su espalda grande, su pelo corto y su nuca ancha hacia el cuarto de la criatura, y Joseba, impresionado, cohibido, a su zaga. En la cuna se desgañitaba un ser humano de pocos meses de edad. Tenía la cara carnosa y lívida. Karmele lo apretó contra su pecho. Le hablaba con ternura, en euskera cantarín, meciéndolo suavemente.

—Hambre no tiene. Le he dado de mamar hace un rato.

—¿Es mi hijo?

—Tu hija, pedazo de miserable. De la que no te ocupas. A la que abandonaste. ¿No te da vergüenza?

—Qué bonita es. ¿Y cómo se llama?

—Valentina.

—¿Valentina?

—Eres el hombre más bobo del mundo. Se llama Oihane. Si te gusta, bien. Si no, también.

Joseba pidió permiso para coger a la criatura en brazos. Karmele, dura, que no, que antes se tendría que cambiar de ropa y lavarse. La niña, calmada, había cerrado de nuevo los ojos. Su madre la depositó con cuidado en la cuna. Por señas apremió a Joseba a salir del dormitorio.

Cerrada la puerta, en el pasillo, en susurros:

—Bueno, ya la has visto. Ahora puedes volver a tu guerra.

—Mujer, tampoco es eso. Yo, por mí, me quedaría.

—¿Pero?

—No sé cómo decírselo a mi compañero. Está esperando en el portal.

—Pues bajas. Se lo dices. Punto. Un héroe de la lucha armada como tú, ¿a qué puede tenerle miedo?

—Tan fácil no es. Somos una organización. Hay una jerarquía. Él manda. A ti seguro que no se atreve a llevarte la contraria.

Karmele le puso una condición. Que estando ella fuera no entrase en el cuarto de la niña. Joseba se lo prometió. Que no hiciera ruido. Bien. Que no tocara nada. Vale. Sólo entonces aceptó Karmele bajar al portal.

Joseba asomó una oreja por la abertura de la puerta. ¡La que se va a armar! Clan, clan, sonaban enérgicas, seguras, las chanclas de Karmele en los peldaños de terrazo. Poco después ascendieron por el hueco de la escalera rumores de conversación. En realidad sólo se oía la voz de ella. Dos pisos más arriba, Joseba trataba en vano de captar algunas palabras. Asier apenas abrió la boca. Karmele no llegó a estar siquiera un minuto en el portal. De nuevo, clan, clan, sonaron sus pasos, ahora de regreso.

—Mucha gracia no le ha hecho. Da igual. ¿Estás dispuesto a hacer de padre? Ya sabes: cuidar de tu hija, contribuir a los gastos, cumplir un montón de obligaciones.

En un colgador de la pared, entre el póster del barco rojo y la puerta de la cocina, colgaba una zamarra visiblemente masculina. Un poco más allá, junto al zócalo, se veían unas botas de por lo menos la talla 45.

—¿Y eso?

—¿Qué te creías, Joseba, bonito? ¿Tú por ahí y yo chupándome el dedo? Vendrá a cenar. A ver cómo lo arreglamos.

SENTADO EN UN banco de la última fila, Asier miraba con indolencia el retablo de tres calles repletas de figuras policromadas. Los dorados se veían pálidos debido a la escasa luz. En el centro, con túnica roja y medio torso al aire, Jesucristo levantaba un brazo en señal de bendición. Nadie salvo Asier estaba en la iglesia. Llevaba casi dos horas allí metido, a resguardo del mal tiempo. De vez en cuando sacaba la cabeza por la puerta principal. Al ver la lluvia volvía al banco. En una de estas se acercó a las hileras de velas votivas. Ardían unas cuantas. Se entretuvo prendiendo todas las demás. Un resplandor amarillo fue creciendo a lo largo del muro de piedra. Con la llama de una de las velas encendió un cigarrillo, el último del paquete. Se lo fumó yendo y viniendo por una de las naves laterales. Avanzada la tarde, empezaron a entrar feligreses en la iglesia. Al abrirse la puerta sonaban con más fuerza las lúgubres campanadas. ¿Misa de funeral? Lo más seguro. Cogió su mochila y su saco de dormir. Salió a la plaza. Faltaba poco para las siete de la tarde. Seguía lloviendo.

Sus pasos sin rumbo lo llevaron de vuelta, por suelos encharcados, a la calle de la novia, compañera, hembra de ese. Se detuvo un momento delante del portal, lo justo para lanzar un escupitajo rencoroso contra la puerta. Y más allá, haciendo esquina, había un supermercado. Asier buscaba algo de comer. Salió con una botella de vino tinto barato. ¡Qué manera de jarrear! Caminaba arrimado a las paredes. Le habría venido bien la navaja multiusos con su pequeño pero útil sacacorchos. Profirió una palabrota. Dos señoras, allí junto, conversantes bajo sendos paraguas, se volvieron a él con cejas de reproche.

—¿Qué miráis?

La navaja se había quedado en la mochila del desertor. En un bar del casco antiguo le descorcharon la botella. Se fue a beberla a los soportales del Ayuntamiento. Entre trago y trago contó el dinero. Algo quedaba, no mucho. Y en menos de un cuarto de hora ya había vaciado la botella. Pasó una cuadrilla. Cinco chavales. Les pidió tabaco. Que no tenían.

—¿Qué mierda de pueblo es este?

Sonaron feas, agresivas, sus palabras. Uno, con pendiente en una oreja, le replicó:

—Pues vete al tuyo.

Los vio juntarse con intención de acometer. Uno contra uno se habría atrevido. Contra todos, mejor dejarlo. Después los vio alejarse, comentadores del incidente. Asier mantuvo la mirada fija en sus indumentarias juveniles. De un bolsillo del pantalón, sacó una mano hecha pistola. Susurrando las detonaciones, acribilló a los chavales por la espalda. Estos ya estaban a punto de enfilar una calleja, en uno de los ángulos de la plaza. Asier les tiró entonces la botella vacía. Imposible acertarles a tanta distancia. Al estrépito de cristales rotos, ellos volvieron la cara. Pero él ya se había escabullido entre las sombras grises, lluviosas, de la tarde.

Un día más tarde, a Joseba le hablaron de él en la *herriko taberna*.

—Estuvo aquí como a las diez de la noche. Empezó a armar bronca, a insultar y joder el ambiente. Tuvimos que echarlo entre varios.

—¿Qué clase de bronca?

Chorradas de borracho. Que si traidores y arrepentidos. Que se habían olvidado de los presos. Que seguro que el dinero de las huchas se lo quedaban los de la taberna. Que tanto sacrificio para qué. En ese plan y todo a gritos y muy faltón. Y luego retó a los presentes a salir afuera y pelear con él. Vascos de mierda y tal y cual. En fin, que lo echaron. Y detrás de él, volaron una mochila y un saco de dormir.

—Se largó sin cogerlos. Allí estaban los trastos a la madrugada, en medio de la calle. Los hemos tirado a la basura.

—Y él, ¿para dónde se fue?

—Ni idea. Hablaba de una chavala.

—¿María Cristina?

—No sabría decirte.

Más personas vieron a Asier, ya entrada la noche, haciendo eses por la calle. Estuvo en otros bares. Eso también lo comprobó Joseba preguntando aquí y allá. En el bar Gorostidi, Asier ya no pudo pagar. Se había quedado sin blanca. Unos conocidos de su pueblo le costearon la última consumición. Luego ya no le sirvieron más. Y uno afirmó haberlo visto a eso de la medianoche en el apeadero.

—Acompañé a mi novia a coger el tren. Llovía la

de Dios. No me gusta dejarla sola allá abajo. Tampoco de día. Nunca se sabe. Unas chicas también estaban esperando dentro de la marquesina. De repente apareció él. ¿De dónde saldría? No te lo puedo decir. Del camino desde luego que no. Yo creo que de los arbustos. Y al pasar a nuestro lado se tambaleaba. Aúpa el amor, nos soltó con esa voz arrastrada de los borrachos. Igualito que su padre, que era el típico alcohólico de pueblo. No le contestamos. Allá él. Después, andando por el borde de las vías, se metió en el túnel. De chaval, ¿quién no ha atajado alguna vez por ahí? Son veinte minutos hasta el pueblo de al lado. Por la carretera, con todas esas cuestas, tres cuartos de hora. Pero, ojo, cruzar el túnel de noche, a pie, tiene su cosa. Te miras las manos en la oscuridad. No te las ves.

Nadie más supo darle a Joseba noticia de su compañero. Transcurrida una semana, movido por la curiosidad y la inquietud, fue a su pueblo a preguntar por él. Recibió la misma respuesta en todas partes. Ningún vecino del lugar lo había visto desde la primavera del año anterior. Ninguno estaba al corriente de su paradero actual. Algunos, en voz baja, lo situaban en Francia.

—Ya te imaginas, ¿no?

Durante meses, Joseba abrigó esperanzas de averiguar algún detalle relativo a Asier. Sobre todo al principio, buscaba en los periódicos la noticia de su posible detención, acaso las siglas GDG en letra impresa.

Nada. Con el tiempo, el recuerdo de Asier se le fue borrando en la memoria. Transcurrió un año desde su regreso de Francia. Transcurrió otro. En otoño de 2015, con ocasión de unas obras en las vías del túnel, aparecieron, según el periódico, unos huesos humanos. ¿Si serían de él?

Obras de Fernando Aramburu en Tusquets Editores

ANDANZAS

Fuegos con limón

No ser no duele

Los ojos vacíos

El trompetista del Utopía

Vida de un piojo llamado Matías

Bami sin sombra

Los peces de la amargura

Viaje con Clara por Alemania

El vigilante del fiordo

Años lentos

La gran Marivián

Las letras entornadas

Patria

Utilidad de las desgracias

Los vencejos

Hijos de la fábula

MARGINALES

El artista y su cadáver

Autorretrato sin mí

Vetas profundas